Del
Mundo
델 문도

델문도

세 상 어 딘 가 에

Del Mundo

최상희 소설집

사계절

차례

붕대를
한
남자

*

　“이안, 이분에게 물 한 잔 가져다 드려라.”

　문밖에서 아버지 목소리가 들려왔다. 기척도 없이 손님이 온 모양이었다.

　아버지는 아침을 먹은 뒤 줄곧 마당에 나가 있었다. 10월이 었지만 때 이른 무더위가 찾아와 후텁지근했다. 오랫동안 비 가 내리지 않아 마당의 나무들은 시들했다. 자신의 영토에 비 를 내리는 하느님이라도 된 듯, 아버지는 아침 내내 호스를 휘두르며 잔디에 물을 뿌려 댔다. 아버지는 다시 한 번, “이 안!” 하고 내 이름을 불렀다. 나는 조립하고 있던 공기총을 내 려놓고 식탁에서 일어났다.

　공기총이라고는 하지만 플라스틱 조립 총이다. 나도 안다.

10여 년 전에 진작 졸업했어야 할 장난감에 매달려 있는 내 꼴이 얼마나 우스운지.

총이라면 비록 장난감이라 해도 질색하는 엄마는 내 생일과 크리스마스에 번번이 좌절감을 안겨 주었다. 친구들이 선물로 받은 총을 자랑하며 방아쇠를 당길 때마다 나는 눈물을 찔끔 흘리곤 했다. 총에 맞아 쭉 뻗은 쥐새끼 꼬리를 흔들던 친구들이 얼마나 부러웠던지. 잠시 기절했다가 정신 차린 쥐가 꽁지가 빠져라 도망갈 때 친구들이 또다시 신나게 쏴 대던 총소리는 황홀하고도 아프게 내 심장을 쿡쿡 쑤셔 댔다.

얼마 전에 내가 조립식 공기총 박스를 들고 온 것을 보고 엄마는 노발대발했다. 그러나 우리 집 규칙에는 쓸데없는 것은 사 주지 않는다는 조항과 함께 내 용돈으로 산 것은 부모님이 상관하지 않는다는 조항도 있었으니 엄마가 더 뭐랄 수는 없었다. 그 흉측한 것을 절대 엄마 눈에 띄지 않게 하라는 엄포로 잔소리는 끝났다. 그러니 엄마가 집을 비운 지금이야말로 총을 조립하기 딱 좋은 기회였다.

스프링으로 플라스틱 총알을 발사하는 장난감일 뿐이지만 재수 없는 일이 생길 수 있다는 건 나도 잘 안다. 예를 들면 사람 눈에 명중하면 당장에 실명할 수도 있다. 그래서 좋은 것이다. 위력적인 장난감만큼이나 매력적인 건 없다.

아버지는 "뭐라도 잡겠냐? 올 크리스마스에는 참새구이라도 먹을 수 있는 거냐?" 하며 어처구니없다는 듯 웃음을 터뜨렸다. 뭐, 안 될 것도 없지. 나는 근처 공원에 있는 연못을 떠올렸다. 연못에는 오리와 거위들이 늘 헤엄쳐 다녔다. 어렸을 때 내 친구들의 가장 만만한 과녁이었다. 물론 들키면 혼쭐나겠지만 재미 삼아 한 번쯤 해 보는 건 어떠랴 싶었다. 나는 오리를 겨냥하는 내 모습을 상상하며 냉장고 문을 열었다.

두런거리는 말소리가 문밖에서 들려왔다. 귀를 기울여 들어 보니 아버지가 휴대폰으로 통화하고 있는 것 같았다. 냉장고에서 물병을 꺼내 따르자 컵 바깥쪽에 금방 물방울이 맺혔다. 물이 넘치지 않게 하려고 조심스럽게 걸음을 옮겨야 했다. 고양이 뺨치게 얌전한 걸음으로 물을 한 방울도 흘리지 않는 데 성공했다. 자못 자랑스러워하며 현관문을 나선 순간, 나는 그 자리에서 굳어 버렸다. 문 앞에서 물을 기다리고 있던 남자는 얼굴이 없었다.

남자는 얼굴부터 목까지 붕대에 감겨 있었다. 피부라고 할 만한 것을 찾아볼 수 없었다. 챙이 넓은 모자를 눌러쓰고 있었는데, 그것이 햇볕을 가리기 위한 용도만은 아니라는 것을 짐작할 수 있었다.

"좀 더 큰 컵에 따라 오지 그랬니."

어서 잔을 건네라는 듯이 아버지가 말했다.

나는 잠자코 물컵을 남자에게 건넸다. 남자에게는 손도 없었다. 체크무늬의 긴소매 밖으로 드러난 것은 뭉툭한 막대 비슷한 것이었다. 헌 옷으로 대충 감아 만든 허수아비 팔 같기도 했다. 나는 남자가 어떻게 물을 마시는지 보고 싶었다.

　남자는 내게 두 팔이라고 해야 할지 두 개의 막대라고 해야 할지 모를 것을 내밀었다. 나는 어릴 때 말에게 처음 당근을 내밀었을 때처럼 조금은 흥분해서, 또 조금은 겁에 질려 남자를 향해 손을 뻗었다. 남자는 손이 있어야 할, 어쩌면 있었을지도 모를 뭉툭한 부분 사이에 컵을 끼워 받았다. 그러고는 조심스럽게 두 팔을 모아 들어 입으로 가져갔다. 남자는 한 번도 입을 떼지 않고 단숨에 잔을 비웠다. 놀랍게도 물 한 방울 흘리지 않았다. 아버지 말대로 좀 더 큰 컵에 물을 따라 올 걸, 하고 후회했다.

　남자가 빈 컵을 내게 내밀었다. 두 손을 모아 내민 것이 마치 용서를 구하는 것처럼 보였다. 남자의 눈이라고 생각되는 부분과 내 눈이 잠시 마주쳤다. 하얀 석고상에서 구멍 두 개를 파낸 듯한 것이 남자의 눈이었다.

　"안에서 기다리는 게 어떻겠습니까? 어차피 시간이 좀 걸릴 테니까요."

　아버지가 남자에게 말했다.

　남자 뒤로 우리 집 울타리 밖에 세워진 지프가 보였다. 자동차 보닛이 열려 있었다. 차에 문제가 생겼구나, 하고 나는 짐작했다. 남자가 어떻게 보닛을 열었는지 궁금했다. 그보다 저 투박한 지프를 어떻게 몰 수 있었는지가 더 궁금해졌다.

　남자는 아버지의 말에 아무 대꾸도 하지 않고 서 있었다.

남자가 말을 할 수 있는지 알고 싶었다. 아마도 말을 했을 것이다. 그렇지 않다면 물을 달라는 부탁을 아버지가 어떻게 알아차릴 수 있었겠는가. 아니, 아닐지도 모른다. 나는 남자가 아버지 앞에서 손 없는 두 팔로 물 마시는 시늉을 하는 모습을 상상해 보았다.

"시내에서 오자면 시간이 좀 걸릴 겁니다. 동작 빠른 보험회사 직원을 본 적 있소? 계약서에 서명을 받아 낼 때 빼고는 말이오."

아버지가 다시 말했다. 남자가 고개를 끄덕였다.

집 안으로 들어온 남자는 창을 등지고 식탁에 앉았다. 모자는 벗지 않았다. 그늘이 어두침침하게 목까지 드리워져 있어서 꼭 목 없는 마네킹에 옷을 입혀 놓은 것처럼 보였다. 깡말랐지만 원래는 체격이 좋았을 거라고, 나는 남자의 넓은 어깨를 보며 생각했다.

"맥주 한잔하시겠소? 난 아침부터 맥주 생각이 어찌나 간절하던지. 그렇다고 내가 알코올 중독은 아니오. 날씨 때문에. 날씨 때문이죠. 정말 환장하게 덥지 않소?"

점심때가 다 되어 가고 있었다. 아버지는 몇 시간쯤은 맥주를 향한 갈망을 억누르려고 노력했던 것이다. 그런데 지금은 아주 좋은 핑계가 생겼다. 환장하게 더운 날씨와 손님. 나는 남자가 맥주를 마시는지 궁금했다.

"한 잔쯤은 괜찮지 않소?"

남자에게 묻고 있었지만 아버지의 말은 자신을 위한 변명처럼 들렸다. 당분간 술은 금지라고 신신당부하던 엄마의 말을 아버지는 분명히 기억하고 있을 것이다. 엄마는 아버지가 체중을 관리할 필요가 있다고 했다. 아버지는 최근 고혈압 약을 먹기 시작했다. 앞마당에서 그릴에 구워 내는 고기와 거기에 곁들이는 맥주를 아버지는 인생 최고의 즐거움이라고 생각했다. 그런데 그 즐거움이 아버지를 죽게 할 수도 있다는 건 아이러니였다. 아버지는 한 잔쯤은, 이라며 스스로에게 위안의 말을 하고는 자신도 잘 알고 있는 사실을 머릿속에서 힘겹게 밀어내는 중이었다.

"괜찮다면, 커피를 한 잔 주실 수 있을까요?"

입이라고 짐작되는 부분의 붕대가 갈라지며 남자의 목소리가 흘러나왔다. 하긴, 그것이 입이 아니면 무엇이겠는가. 나는 이미 그 사이로 물이 흘러들어 가는 모습을 보기도 했잖은가. 남자의 목소리는 깡마른 몸과는 달리 힘이 있었다.

"오, 커피. 커피가 좋겠군요. 마침 좋은 원두가 있습니다."

아버지는 좀 실망한 듯한 목소리로 말했다.

아버지는 주방으로 들어가 물을 끓였다. 아버지를 따라간 나는 냉장고에서 라즈베리파이 접시를 꺼냈다. 아버지가 한 생각을 내가 행동으로 옮겼다는 듯, 아버지는 내 어깨를 주먹으로 툭 쳤다. 아마 내 머리를 쓰다듬고 싶었는지도 모른다.

하지만 아버지 키는 나보다 작아진 지 오래였다.

어젯밤에 엄마가 만든 파이는 고스란히 남아 있었다. 엄마는 요즘 자주 라즈베리파이를 구웠다. 냉동실에 가득 찬 라즈베리를 치우기 위해서였다. 곧 라즈베리 수확 철이었다. 그러면 냉동실에 빈 공간이 필요하다.

엄마가 아무리 파이를 구워 내도 라즈베리는 좀처럼 줄어들지 않았다. 주스, 잼, 아이스크림, 쿠키, 파이……. 엄마는 라즈베리로 만들 수 있는 건 뭐든 쉴 새 없이 만들었다. 하지만 입으로 들어가는 것보다 쓰레기통에 들어가는 게 훨씬 많았다. 나와 아버지는 물론 엄마마저도 별로 손대지 않았기 때문이다. 라즈베리라면 신물이 났다. 이 동네에서는 라즈베리가 길바닥에 널린 돌보다도 흔했다. 아침나절 엄마는 찬장에 가득 쌓인 라즈베리잼 몇 통을 들고 교회에 가서 아직 돌아오지 않고 있었다.

남자는 한동안 커피가 식기를 기다렸다. 나는 좀 애가 탔다. 이윽고 남자가 뭉툭한 두 손으로 컵을 감싸 쥐고 커피를 마셨다. 나는 남자 앞으로 파이 접시를 슬며시 밀었다. 남자가 파이를 어떻게 먹는지 보고 싶었다.

"근처에 사시오?"

아버지가 물었다. 남자는 고개를 가로저었다.

"나도 여기 사람은 아니오. 보면 알겠지만."

남자가 희미하게 고개를 끄덕였다.

"호주에 온 건 스무 살 때였소. 지금 내 아들보다 겨우 세 살 많은 나이에 돈 벌겠다고 여기까지 온 거지. 한국이라는 나라, 혹시 아시오? 이 나라 반대편에 있는 곳이오. 지금쯤 한 국은 슬슬 추워지고 있을 거요. 여긴 푹푹 찌는데 말이오. 정말 먼 곳이지."

남자는 아무 반응도 보이지 않았다.

"이 동네에 온 지는 십 년쯤 됐소. 그전엔 여기저기 떠돌았지."

아버지가 또 그 얘기를 할 건가 보다, 라고 나는 생각했다.

"내가 태어나 자란 곳은 말이오, 산골이었죠. 이 나라에 오려고 배를 타기 전까지는 바다를 본 적이 한 번도 없었소. 그런데 이젠 보시오. 내가 섬에 살고 있지 않소? 사방이 바다로 둘러싸여 있는 섬 말이오."

그다음은 듣지 않아도 뻔했다. 호주 여기저기를 떠돌며 힘들게 일하던 중 우연히 한국 여자를 만나 결혼하고 나를 낳고 제법 살 만해질 때까지 겪었던 아버지의 고생담은 하도 들어서 외울 정도였다. 게다가 얘기할 때마다 조금씩 부풀려져서 지금은 오디세우스의 모험담 수준이 됐다. 그런데 오늘 아버지 입에서 나온 말은 예상과 달랐다.

"내가 이 동네에 궁둥이를 붙이고 산 이유가 뭔지 아시오? 여기가 내 고향과 비슷하더란 말이오. 바다가 보이지 않았거든. 더구나 지천에 라즈베리 밭이라니. 고향에도 비슷한 열매가 있었소. 남자들에게 좋다는 이야기가 있죠. 내 말, 무슨 뜻 인지 알지요?"

남자는 아무 대답도 하지 않았다. 아버지는 객쩍은 웃음을 지어 보이더니 갑자기 생각났다는 듯이 말했다.

"파이 좀 먹어 봐요. 마누라가 만든 건데……. 솜씨는 변변 찮지만 말이오."

남자가 아버지 말을 그대로 믿을까 봐 걱정됐다. 엄마 말에 따르면 '한국식 칭찬법'을 지금 아버지는 구사하고 있었다. 엄마의 파이는 해마다 크리스마스 날 열리는 라즈베리 축제 에서 늘 일등을 차지했다. 그런 말로 권했으면 좋았을 것을. 아버지의 지나친 겸손 때문에 남자가 파이를 사양할까 봐 조 바심이 났다. 나는 남자가 파이를 어떻게 먹는지 꼭 보고 싶 었다.

내 열렬한 호기심이 남자를 움직이게 한 것 같았다. 남자는 파이 접시를 향해 손을, 아니, 붕대를 뻗었다. 남자는 접시 가 장자리에 걸쳐진 포크를 뭉툭한 두 손 사이에 끼웠다. 유리컵 이나 커피 잔을 잡는 것보다는 훨씬 섬세함을 요하는 동작인 것 같았다. 남자는 포크를 두 번 놓친 끝에 뭉툭한 팔 사이에 끼우는 데 성공했다. 남자는 포크를 세워 파이의 삼각형 끝 부분에 댔다. 파이의 가장자리 부분을 말끔히 잘라 내는 데는 좀 더 정교한 동작과 적절한 힘이 필요한 듯 보였다. 드디어 파이가 잘렸다. 남자는 다시 힘을 주어 잘라 낸 파이 조각에 포크를 찔러 넣었다. 포크는 마치 무덤 앞의 십자가처럼 파이에 꽂힌 채 우뚝 섰다. 남자는 뭉툭한 두 손 사이에 파이를 찍은 포크를 끼워 들고 그것을 입가로 가져갔다. 붕대 사이가 벌어지고 검은 동굴 같은 구멍이 열리더니 파이가 그 속으로 사라졌다.

"참 맛있군요."

남자가 말했다. 고작 삼각형의 꼭짓점만 한 파이를 먹는 데 인생의 10년 치는 써 버린 듯한 목소리였다.

"도대체 어떻게 된 거요?"

마침내 아버지가 참지 못하고 물었다.

"날 때부터 이랬던 건 아닙니다."

남자는 말했다.

"사고였죠. 누구에게나 일어날 수 있는 사고였습니다."

남자는 자동차 정비공이었다. 여기저기에서 직공으로 일한 지 10여 년 만에 남자는 운 좋게 자신의 가게를 열 수 있었다. 남자에게 운이란 근면과 성실의 다른 이름이었다. 고속도로 부근에 문을 연 남자의 자동차 정비소는 규모가 크지는 않았지만 일이 끊이지 않았다. 직원을 두 명 두고 있었지만, 고장 난 차가 들어오면 남자도 기꺼이 차 바닥 밑으로 기어들어 가 얼굴에 기름때를 묻히며 수리하곤 했다. 시내에 자동차 정비소를 내는 게 남자의 꿈이었다. 정비소가 지금처럼만 굴러간다면 2, 3년 안에 가능한 일이었다.

그날은 금요일 오후였다. 막 수리를 끝낸 차가 부드러운 시동 소리를 내며 정비소를 떠났다. 남자는 슬슬 퇴근해야겠다고 생각했다. 아내가 저녁을 준비하며 기다리고 있을 터였다. 결혼한 지 2년이 채 안 된지라 아직 연애할 때의 기분이 남아 있었다. 하지만 남자가 집에 일찍 돌아가고 싶은 이유는 따로 있었다. 바로 갓 태어난 딸 때문이었다. 복숭앗빛 뺨을 하고 달콤한 분 냄새를 풍기는 딸을 생각하며 남자는 서둘러 청소를 시작했다. 그때 검은색 세단 한 대가 견인차에 끌려 정비소로 들어왔다.

낯익은 견인차 운전사는 세단을 부려 놓자마자 남자에게 인사를 하는 둥 마는 둥 하고 떠났다. 금요일 오후에는 누구나 바쁜 법이었다. 견인차에 함께 타고 온 세단 주인은 화가 잔뜩 나 있었다. 요란하게 코를 풀더니 남자에게 소리쳤다.

"망할 놈의 차! 뭐가 문제요?"

"글쎄요, 일단 봐야 하지 않겠습니까?"

남자는 느긋하게 대답했다. 차 주인이 혼잣말로 투덜투덜 불평을 늘어놓는 소리를 들으며 남자는 세단에 올라탔다. 운전석에 앉아 키를 돌려 봤지만 예상대로였다.

"시동이 걸리지 않는군요."

"이봐요. 그놈이 시동이 걸렸으면 이렇게 오지 않았을 거 아뇨."

차 주인은 볼멘소리로 중얼거렸다. 남자는 차 안에서 희미하게 휘발유 냄새를 맡았다. 남자는 차에서 내려 보닛을 열어 봤다.

"뭐가 문제요?"

차 주인이 채근했다. 남자는 손님에게 축농증이 있는지도 모르겠다고 생각했다. 그가 코를 계속 킁킁거렸기 때문이다.

"의사라면 말이죠, 청진기 한 번 대 보고 몇 마디 휘갈겨 쓴 처방전을 드릴 수 있겠죠. 하지만 차는 인간의 몸만큼 간단하지 않아요."

"허, 별소릴 다 듣겠군. 차가 인간보다 복잡하다고?"

"그래서 비싼 거 아닙니까? 살 때 꽤 주셨죠? 좋은 차군요."

남자의 말에 차 주인의 인상은 눈에 띄게 누그러졌다.

"인간이나 자동차나 나이가 들면 여기저기 탈이 나게 마련이죠. 하지만 차는 인간보다 나은 점이 있어요. 부속품을 갈면 고쳐지고, 게다가 부속품 구하기가 훨씬 쉽다는 거죠."

"고칠 수 있겠소?"

차 주인은 미심쩍다는 듯이 물었다.

"아, 물론이죠. 제가 뭘로 돈을 벌겠습니까?"

남자는 아직 고장의 원인을 발견하지 못했지만 그렇게 말했다. 남자가 비교적 젊은 나이에 자동차 정비소 사장이 될 수 있었던 것은 근면함과 기술 덕만은 아니었다. 남자는 손님 대하는 법을 잘 알고 있었다.

"월요일 오후면 말끔하게 수리되어 있을 겁니다. 연락드리죠."

"월요일이란 말이오?"

"네, 월요일. 아시다시피 주말은 하느님께 감사할 일이 많으니까요. 월요일에는 틀림없습니다."

손님이 돌아가자 젊은 직원 지미가 사무실에서 얼굴을 내밀었다. 지미는 벌써 기름때를 깨끗이 씻어 내고 옷을 갈아입은 뒤였다. 지미의 몸에서 데오도런트 냄새가 지독하게 풍겼다. 지미는 검정 세단을 보고 눈살을 찌푸렸다. 금요일 오후에는 누구나 일찍 퇴근하고 싶은 법이었다.

"퇴근해. 어차피 다음 주에 넘길 거니까."

남자가 말하자 지미는 장난스레 거수경례를 날리고 정비소를 떠났다.

남자는 지미에게 말한 것처럼 당장 수리를 시작하지는 않을 생각이었다. 하지만 문제가 뭔지는 봐 두고 싶었다. 어차피 시내로 부속품을 사러 나간 또 다른 직원 스탠리가 돌아올 때까지는 정비소를 지켜야 했다.

고장 원인은 간단할 것 같았다. 축농증 심한 차 주인이 맡지 못한 휘발유 냄새가 고장과 관련 있을 거라고 남자는 추측했다. 남자는 보닛 속 엔진을 살펴본 뒤 몸을 눕혀 차 아래로 들어갔다. 예상이 맞았다. 월요일 오후에는 차를 말끔히 고쳐 넘길 수 있을 것 같았다.

20

스탠리는 여전히 돌아오지 않았다. 아는 사람이라도 만나 또 시답잖은 농담을 늘어놓고 있을 거라고 남자는 생각했다. 그때 남자의 휴대폰이 울렸다. 아내였다. 아내는 언제 돌아올 거냐고 물었다. 곧 퇴근할 거라고 말하자, 아내는 그럼 닭고기를 오븐에 넣어야겠다고 말했다. 집까지는 차로 30분쯤 걸렸다. 남자는 어서 집에 돌아가고 싶었다. 부드러운 딸의 볼에 얼굴을 비비고 아내가 준비한 닭 요리 접시를 들고 소파에 앉아 느긋하게 맥주를 마시며 축구 중계를 보고 싶었다. 아내는 아마 잔소리를 하겠지만 남자에게 그보다 더 좋은 건 없었다.

스탠리는 휴대폰도 받지 않았다. 얼마나 더 기다려야 할지 몰라 남자는 스패너를 들고 세단으로 다가갔다. 아무것도 하지 않고 우두커니 있는 건 남자가 견딜 수 없어 하는 일 중 하나였다. 남자는 이내 차 수리에 몰두했다. 오븐 속에서 익어 가는 닭고기도, 옹알대는 귀여운 딸아이도, 맥주와 축구 중계도, 돌아오지 않는 스탠리도 까맣게 잊은 채였다.

그때, 쾅 하는 굉음이 울렸다. 금요일 저녁 러시아워 때문에 오후 내내 길바닥에서 시간을 보내고 돌아온 스탠리가 발견한 것은 시커멓게 타 버린 정비소였다. 건물 안에서 시커먼 고철 덩이로 변한 자동차 한 대가 연기를 뿜어내고 있었다. 멀리서 소방차 사이렌 소리가 들려왔다. 스탠리는 혹시나 해서 살펴봤지만 건물 안에는 아무도 없었다. 몇 분 전, 몸에 불이 붙은 채로 달려 나간 남자가 있었다는 것을 스탠리는 알지 못했다. 그 남자가 필사적으로 어디론가 기어가고 있었다는 것 역시 몰랐다.

"죽어 가는 순간에 어떤 생각이 들 것 같습니까?"

남자가 아버지에게 물었다.

"글쎄요……."

아버지는 머뭇거리다 대답했다.

"사랑하는 사람들의 얼굴이 떠오른다고 하더군요. 난 아직 경험이 없어서 모르겠지만."

"그럴 수도 있겠군요."

남자가 아버지 말에 수긍했다. 그러더니 말했다.

"난 아무 생각도 나지 않았습니다. 뜨거운 것도 느낄 수 없었고 아마 비명도 지르지 않았을 겁니다. 죽는다는 생각도 하지 못했던 것 같습니다. 그저 나는 달렸죠. 그곳에 꼭 도착해야겠다는 일념으로 말이죠."

"어디로 말인가요?"

"근처에 작은 웅덩이가 있었습니다. 기껏해야 오리 몇 마리가 헤엄칠 만한 작은 웅덩이였죠. 그래도 주변에는 꽃이 피고 잔디밭이 있어서 동네 주민들이 모여 앉아 있곤 하는 곳이었습니다. 정비소에서 걸어서 4, 5분 정도, 전속력으로 달리면 1분 정도 거리에 있었죠. 그때는 웅덩이로 가야 한다는 생각뿐이었습니다. 온몸에 불이 붙은 채 1분 동안 뛰었던 겁니다. 마지막에는 거의 기어갔지만 말입니다.”

“허어······.”

아버지 입에서 탄식인지 탄성인지 모를 소리가 흘러나왔지만, 남자는 듣지 못한 양 계속해서 말했다.

“생각해 보십시오. 그게 얼마나 어처구니없는 짓인지. 바닥에 몸을 굴리는 편이 불을 끄는 데는 훨씬 효과적이었을 겁니다. 그런데 그런 생각은 전혀 하지 못했습니다. 마침내 웅덩이에 몸을 던져 몸에 붙은 불을 껐지만, 그때 이미 내 두 손과 얼굴은 다 녹아 없어진 상태였습니다. 의사는 살아난 게 기적이라고 했죠.”

남자가 말을 끝내자 한동안 침묵이 이어졌다.

“기적이군.”

아버지가 침묵을 깨고 중얼거렸다. 감격에 겨운 듯한 목소리였다.

“기적이었죠.”

남자가 말했다. 말과는 달리 아무 감정도 담기지 않은 목소리였다.

“정말 한 잔 안 할 수 없군.”

아버지가 벌떡 일어나더니 냉장고에서 맥주 두 병을 꺼내왔다. 아버지가 뚜껑을 딴 맥주병을 남자 앞에 내려놓았다. 그러고는 맥주병을 들어 올리고 잠시 머뭇거렸다.

“건배하고 싶은데 뭐라고 해야 할지 모르겠소. 뭐, 그냥 마셔도 상관없겠지."

그렇게 말하고 아버지는 맥주를 쭉 들이켰다. 남자는 망설이는 것처럼 보였다. 드디어 남자는 붕대를 감은 뭉툭한 손 사이에 맥주병을 끼웠다. 온갖 모험과 고초 끝에 얻은 성배를 드는 것처럼 남자는 맥주를 한 모금 마셨다. 그리고 잠시 후에 말했다.

"이거 참, 맛있군요."

"살아 있길 정말 잘했지 않소."

아버지가 눈을 찡긋하며 말했다. 그리고 덧붙였다.

"살아 있다는 건 어쨌든 축복 아니오."

아버지는 순간 자신의 말이 별로 적절치 않음을 깨달은 듯했다. 아버지는 서둘러 말을 이었다.

"내 말은, 그러니까 가족을 생각해 봐요. 가족의 죽음보다 더 슬픈 건 없죠. 당신이 살아남은 것에 얼마나 감사했겠소."

그 순간 붕대를 감은 남자가 빙긋 웃은 것처럼 느껴졌다. 물론 붕대 위로 아무 표정도 읽을 수 없었지만 말이다.

"글쎄요. 잘 모르겠습니다. 그 뒤로 아내와는 헤어졌습니다. 다른 가족들을 만나지 않은 지도 오래됐고요. 이런 얼굴을 보는 건 나 하나로 충분했기 때문이죠. 내게 남은 건 저 자동차 한 대뿐입니다. 이제는 툭하면 멈춰 버리는 저 고물 자동차 한 대요. 한때 정비공이었던 나는 자동차를 고칠 수도 없습니다. 고장이 나도 보험 회사 직원을 부르려면 다른 사람에게

24

부탁을 해야만 하죠."

아버지의 어깨가 움찔했지만 남자는 상관하지 않고 말을 이어 갔다.

"온몸에서 고름이 흘러내리고 살이 썩어 들어가고 진통제 없이는 살 수 없고 밤마다 수면제를 먹지 않으면 잠들 수도 없습니다. 고체로 된 음식은 소화시키지 못해 물이나 수프 같은 것으로 연명합니다. 아침저녁으로 붕대를 풀고 소독을 하고 약을 바르고 다시 붕대를 감아야 합니다. 풀어 낸 붕대에는 내 살갗과 피가 묻어 있죠. 나는 매일 조금씩 사라지는 기분입니다. 하지만 어쨌든 난 살아남았어요. 말 그대로 기적으로 얻은 삶이죠. 오랜만에 말을 많이 했더니 입술이 바짝 마른 것 같군요. 아, 입술이 없어서 침을 바를 필요가 없으니 좋은 점도 있습니다."

남자가 입꼬리를 살짝 올리며 웃은 것 같았다. 만약 사라진 입술로도 웃을 수 있다면 말이다.

"처음에는 끊임없이 물었죠. 왜 나냐고. 왜 나한테 이런 일이 생겼는지 아무리 생각해도 모르겠더란 말이죠. 소소한 잘못은 저질렀겠지만 남에게 피해를 준 적도 없고 큰 죄를 저지른 적도 없고, 독실한 건 아니지만 어쨌든 교회에도 나갔어요. 그런데 내게 이런 일이 생긴 겁니다."

"당연하죠. 원망스러웠겠죠. 나 같아도······."

"누구를 원망하시겠습니까?"

남자의 갑작스러운 질문에 아버지는 머뭇거리다가 맥주만한 모금 홀짝였다.

"처음에는 세상 모든 것, 그래요, 심지어 저 위에 있는 분까지 원망했습니다. 하지만 이제 내가 원망하는 건 딱 하나뿐입니다."

아버지가 남자의 얼굴, 아니, 붕대를 멍하니 바라보다 주저하듯 물었다.

"그게 뭐죠? 단 하나 원망하는 게 뭡니까?"

"1분입니다."

아버지가 의아한 얼굴로 남자를 바라보았다.

"딱 1분이었습니다. 웅덩이를 향해 달려가던 1분. 그 순간을 한시도 잊은 적이 없습니다. 고통도 느끼지 못할 만큼 고통스러웠던 그때 말입니다. 그런데 우스운 게 뭔지 압니까? 내 인생에서 그 순간만큼 살아야겠다는 의욕이 강했던 적은 없었다는 겁니다. 차라리 포기했더라면, 1분 동안의 삶의 의지 따위가 없었더라면 오히려 나았을 텐데 말이죠."

아버지의 얼굴에 복잡한 감정이 드러났다. 며칠 전 내가 조립 총 상자를 들고 왔을 때 지었던 표정 같기도 했다. 이해하기도 반대하기도 어렵다는 표정 말이다.

"그 후로 저는 스스로에게 묻죠. 그때 그렇게 달려야 했을까?"

남자가 아버지와 나를 잠시 번갈아 보고 나서 물었다.

"그랬어야 한다고 생각합니까?"

아버지는 아무 대답도 하지 않고 탁자 위의 라즈베리파이 접시만 물끄러미 바라보았다. 식탁 한편에는 내가 조립하다 만 공기총이 놓여 있었다.

똑딱, 똑딱. 초침 소리만 집 안에 울려 퍼졌다. 벽에 시계가 걸려 있었다는 것을 나는 새삼 깨달았다. 햇살은 더욱 강렬해졌다. 붕대를 한 남자의 얼굴은 더 어두침침하게 보였다. 나는 남자 뒤쪽에 있는 창문 밖을 내다봤다. 달궈진 지면에서 열기가 아지랑이처럼 피어나고 있었다. 남자의 차 보닛은 열려진 채였다.

"견인차가 온 것 같은데요."

내 말에 남자가 고개를 돌려 창밖을 보았다. 그리고 다시 나를 향해 고개를 돌렸다. 하지만 남자는 나를 보고 있는 게 아니었다. 남자의 눈은 어딘가 먼 곳을 떠도는 눈빛이었다. 남자의 눈동자는 짙은 푸른색이었다.

남자의 차가 견인차에 매달렸다. 붕대를 한 남자는 아버지에게 고개 숙여 인사하고 떠났다. 아버지는 문을 닫고 들어와 식탁에 앉아 맥주를 마저 마셨다. 맥주는 미지근해져 있을 테지만 아버지는 그걸 깨닫지 못하는 것처럼 보였다. 아버지의 눈은 식탁에 놓인 접시에 고정되어 있었다. 접시에는 남자가 먹다 만 파이 조각이 남아 있었다.

나는 식탁 위에 널려 있는 플라스틱 조각을 한데 모았다.

그리고 막 형체를 갖추기 시작한 공기총을 손에 쥐어 보았다. 방아쇠에 건 손가락에 힘을 주자 스프링이 당겨지는 게 느껴졌다. 철컥. 나는 손가락의 힘을 풀었다. 핑, 하고 맥 빠지는 소리가 났다.

집 안은 고요했다. 벽시계의 초침 소리만이 집 안을 울렸다. 초침 소리가 그렇게 또렷하게 들린 건 처음이었다. 60번의 초침 소리를 센 다음 나는 그대로 뒤뜰로 나가 쓰레기통에 총을 버렸다. 이만하면 됐다는 생각이 들었다.

노
프라블럼

*

"삼백 루피."

유진은 고개를 끄덕였다. 순간 나는 후회했다. 좀 더 불렀어야 했다. 400루피, 아니, 500루피도 괜찮았을 것 같다. 릭샤에서 내린 유진이 집으로 총총히 들어갔다. 마당에 있는 보리수 잎이 바람에 작게 일렁였다.

내 이야기를 듣고 난 쿤마르는 휘파람을 길게 불었다.

"예쁜 편이지. 안 그래? 얼굴도 하얗고."

뭐가 좋은지 쿤마르는 실실거리며 말했다. 나는 아무 대답도 하지 않았다.

"일본인이랬나?"

"한국 애야."

"상관없지. 돈만 많다면야. 삼백 루피는 개한테 아무것도 아닐 거야. 더 달라고 해도 오케이했을걸?"

쿤마르의 말이 내 가슴을 쿡 찔렀다. 더 달라고 했으면 좋았을 텐데.

"영화 티켓은 개가 사겠지?"

쿤마르가 물었다.

"그래야겠지. 그 애가 보자고 했으니까."

하지만 솔직히 말하자면 극장표는 남자인 내가 사야 하지 않을까 하는 생각이 들었다. 아니다. 이건 데이트가 아니다. 그러니 남자가 낼 필요는 없지. 돈이 많은 쪽이 내는 게 맞다.

"이름이 뭐라고 했지?"

쿤마르가 물었다.

"유진."

유진을 만난 건 한 달 전쯤이었다. 호텔 앞에 막 손님을 내려 주고 욕을 퍼부으며 비탈길을 내려오고 있을 때였다. 역 앞에서 기나긴 흥정 끝에 요금을 30루피로 합의했지만 호텔 앞에 도착했을 때 나는 마음이 바뀌었다. 오르막길이었고, 가방을 두 개나 실었다. 게다가 외국인 커플은 가만히 있어도 땀을 줄줄 흘리는 뚱보들이었다. 나도 돼지 두 마리를 끌고 언덕을 오르느라 땀으로 범벅이 돼 있었다. 팁을 좀 달라고 했더니 경찰을 부르겠다고 했다. 경찰이 와 봐야 좋을 건 없었다. 경찰은 단 한 번도 우리 편이었던 적이 없다. 침이나 한 번 탁 뱉고 돌아설 수밖에 없었다.

다시 역으로 돌아가는데 릭샤왈라*를 외치는 소리가 들렸다. 나를 부르는 소리라는 것을 뒤늦게 깨닫고 오던 길을 되돌아 달려갔다. 나는 일주일도 안 된 풋내기 릭샤꾼이었다.

나를 부른 사람은 짙은 회색 원피스에 하얀 앞치마를 두른 뚱뚱한 여자였다. 나는 그녀가 가정부라는 것을 알았다. 그리고 그녀가 외국인을 위해 일하고 있다는 것도 짐작할 수 있었다. 외국인들은 자기 집 가정부에게 그런 옷을 입히는 걸 좋아했다. 내가 지나던 길은 외국인 거리라고 불리는 동네였다.

"어딘지 알지?"

가정부가 말한 곳은 시내에 있는 사립 고등학교였다. 나는 고개를 끄덕였다. 부자와 외국인 자녀들만 들어갈 수 있는 학교라는 것 또한 잘 알고 있었다.

"이십 루피는 주셔야겠는데요, 마담."

"마담이라고? 하하하."

가정부는 살이 흔들리도록 웃었다. 이 집에 와서 살이 쪘거나 전에 일하던 가정부의 옷을 물려 입은 듯, 여자의 원피스는 터져 나갈 것 같았다.

---

* 인도나 동남아 지역에서 주로 볼 수 있는 교통수단인 '릭샤'를 끄는 사람을 뜻한다.

"내게 아첨해 봐야 소용없어. 너한테 돈을 줄 사람은 이 집 마님이거든. 이 집 마님은 내가 거스름돈 일 루피라도 꿀꺽할까 봐 영수증 안 떼 주는 가게에서는 감자 하나 못 사게 하는 사람이라고. 이십 루피라니, 학교까지 왕복해도 십 루피면 충분하다는 걸 내가 모를까 봐?"

"그렇지만 마담, 어차피 돈은 마님 주머니에서 나오는 것 아닙니까? 마담이 말만 잘해 주신다면 마님은 이십 루피든 십 루피든 기꺼이 주시겠지요. 현명하신 마담은 영수증을 끊을 때도 기지를 발휘하셨겠지요?"

"그게 무슨 소리야?"

뚱뚱한 가정부는 팔짱을 끼며 물었다.

"현명하신 마담의 손이 우리 형제자매들이 그 돈을 조금 차지할 수 있는 아량을 베풀었을 거란 뜻입니다."

잠시 후에 가정부가 웃음을 터뜨렸다.

"쥐새끼 같은 녀석. 좋아. 십오 루피라고 마님께 말씀드리지. 대신 아가씨를 잘 모셔다 드려야 해."

"네, 마담."

가정부는 잡초가 더부룩이 솟아난 잔디밭을 지나 집 안으로 들어갔다. 부잣집은 아니었다. 부자라면 저렇게 잡초가 무성해지도록 두지 않았을 것이다. 부자들에게는 정원사를 해고하는 일이 잡초를 제거하는 것보다 더 쉬웠다. 수영장도 없었다. 대신 마당 한쪽에 고무 욕조가 하나 놓여 있었다. 어린애가 있는 모양이었다. 푸른 열매가 달린 망고나무, 종려나무와 보리수가 담을 따라 정원을 둘러싸고 있었다. 보리수 잎 사이로 하얀 이층집이 보였다. 잠시 후 가정부가 다시 나왔다. 그 뒤를 교복 입은 여자아이 하나가 따라 나오는 모습이 보였다.

"아가씨 잘 모셔."

뚱뚱한 가정부가 내게 당부했다.

"노 프라블럼, 마담."

나는 힐끗 뒤돌아보며 소리쳤다. 릭샤에 앉은 아가씨는 아무 표정도 짓지 않았다. 하얀 얼굴의 아가씨, 유진이었다.

노 프라블럼. 길을 모르더라도, 릭샤가 갈 수 없는 길이더라도, 혹 그곳이 지상에 없는 주소라도, 설사가 나서 궁둥이를 움켜쥐고 있더라도, 옆에서 아버지가 숨이 깔딱깔딱 넘어가고 있더라도, 릭샤왈라가 해야 할 말은 단 두 가지뿐이었다. 노 프라블럼, 마담. 또는 노 프라블럼, 써.

그것은 싱 아저씨가 릭샤 운전과 함께 내게 전수해 준 가르침이었다. 싱 아저씨는 나의 먼 친척이다. 이 동네에 사는 사람들은 전부 먼 친척 아니면 아버지 친구의 친구 아니면 어머니 이모의 사돈의 팔촌이었다. 바라나시의 좁은 골목처럼 어떻게든 이어져 있다는 말이다.

싱 아저씨는 열세 살 때부터 릭샤를 몰았다고 했다. 릭샤는 싱 아저씨의 아버지가 자신의 이름 '싱'과 함께 물려준 것이었다. 아버지 싱과 달리 싱 아저씨에게는 아들이 없었다. 딸 셋은 낳자마자 죽었고, 가까스로 살아난 두 딸은 초경도 치르기 전에 지참금을 요구하지 않은 영감에게 한꺼번에 줘 버렸다.

모든 게 신의 뜻이라고 싱 아저씨는 말했다. 싱 아저씨의 부인이 시름시름 앓아누운 것도 신의 뜻이었다. 신의 뜻에 맡긴 탓으로 병원 한 번 데려가지 않았던 싱 아저씨의 부인은 곧 죽고 말았다. 싱 아저씨는 누구나 그러하듯 죽은 아내를 강가*의 화장터로 데려가고 싶어 했다. 집 안에 있는 가구를 모두 팔고, 친척들과 친구와 친구의 친구들에게까지 돈을 빌렸지만, 그 돈으로 살 수 있는 장작은 두 팔과 두 다리조차 태우지 못할 정도였다. 싱 아저씨는 울면서 이 또한 신의 뜻이라고 말했다. 아내의 화장비로도 팔지 않았던 릭샤를 싱 아저씨는 내게 빌려 줬다. 싱 아저씨는 모든 것을 신의 뜻에 맡겼지만 릭샤만은 자신의 뜻대로 한 것이다.

싱 아저씨는 몸이 좀 나으면 다시 릭샤를 끌 수 있을 거라고 말했다. 내게 릭샤를 맡기는 건 길어 봐야 두세 달이라고 했다. 그 또한 신의 뜻일 터였다. 싱 아저씨는 잘 먹고 누워서 쉬는 것이 신의 뜻에 조금이나마 도움 될 거라고 여겼다. 나는 그런 일은 없으리라 생각했다. 말하는 동안 싱 아저씨의 입에서 여러 차례 발작하듯 기침이 터져 나왔다. 입을 누른

---

* 바라나시 갠지스 강을 이르는 말.

손수건에 새빨간 피가 번지는 것을 나는 못 본 척했다.

평생을 릭샤꾼으로 산 사람은 으레 그렇게 죽어 갔다. 굳은 살 박인 손과 발이 뒤틀리고 등은 활처럼 굽어서 누렇게 뜬 얼굴로 죽을 날을 기다리는 게 고작이었다. 피를 토하면 마지막이 멀지 않은 것이었다. 싱 아저씨는 이제 막 마흔 살을 넘겼다. 그만하면 살 만큼 산 셈이었다. 돈은 저녁 기도가 끝나는 시간에 가져오라고 싱 아저씨는 입가를 닦으며 파리한 얼굴로 말했다. 릭샤를 빌리는 대가는 하루 300루피였다.

나는 매일 유진을 기다렸다. 등교하는 유진을, 하교하는 유진을 태우고 나는 릭샤를 끌고 달렸다. 학교에 가는 유진은 기분이 별로 좋아 보이지 않았다. 집으로 돌아올 때는 더 기분이 나빠져 있었다. 유진은 내게 한마디도 하지 않았다. 나 또한 유진에게 하는 유일한 말이라고는 유진이 내 손바닥에 15루피를 떨어뜨릴 때 하는 "땡큐, 마담."이 전부였다. 발목까지 올라오는 하얀 양말이 늘 내 인사를 받았다.

나는 뚱뚱한 가정부에게 종종 담배나 사탕을 가져다줬다. 모든 일에는 대가가 필요한 법이었다. 작은 선물은 내 하루 30루피의 수입을 보장하는 것이었다. 가정부는 내가 가져다준 담배를 피우며 게으른 하녀와 인색한 마님을 흉보곤 했다. 이렇게 넓은 집을 아무것도 할 줄 모르는 하녀 하나와 자기에게만 맡겨서 온종일 쉴 틈이 없다고 했다. 그러면서 가정부는 담배를 또 한 대 물었다. 집이 그리 크지는 않은 것 같다고 말하는 대신 나는 고개만 끄덕여 보였다. 가정부는 비밀이라도 되는 양 계속해서 속닥거렸다. 가정부는 마님이 요리사 쓸 돈이 아까워 요리를 직접 한다고 했다. 마님이 만든 그 요리라는 게 어찌나 괴상한지 개도 안 쳐다볼 거라고 말하고는 가정부는 몸을 흔들며 웃어 댔다.

유진의 가족 이야기도 몇 가지 들을 수 있었다. 유진의 가족이 이곳에 온 것은 석 달 전쯤이라고 했다. 주인 남자는 중심가에 있는 자동차 회사의 지사장으로 근무하고, 마님은 온종일 휴대폰만 잡고 있고, 큰아들은 한국에서 대학을 다니고, 유진은 내가 알다시피 사립 고등학교에 다니고, 작은아들은 간식으로 5성급 호텔에서 만든 케이크만 먹인다고 소문난 유치원에 다니고 있다고 했다. 잡초가 자라도록 정원을 그냥 내버려 두는 것은 주인의 취향일지도 모른다는 생각이 들었다. 정원사 하나쯤은 얼마든지 둘 수 있는 집인 것 같았기 때문이다.

"이 집에 차는 없나요?"

내가 물었다. 세 개피째 담배를 물며 가정부가 대답했다.

"없긴. 두 대나 있단다. 그중 한 대는 벤츠야. 하지만 주인어른은 자기 나라에서 만든 차를 쓰지. 보는 눈도 있으니까 말이야. 물론 기사가 딸렸고. 마님은 그 덕에 벤츠를 차지했지. 그런데……."

가정부가 갑자기 웃음을 터뜨리더니 말을 이었다.

"마님이 직접 운전을 하겠다고 벤츠를 끌고 나간 거야. 말이 되니? 그게 가능하다고 생각한 모양이지? 여기, 바라나시에서?"

그랬다. 그건 불가능한 이야기였다. 메인 바자르* 앞 고돌리아 거리는 브라흐마** 신이 잠든 시간, 즉 혼돈과 무질서가 점령한 거리였다. 사람과 오토릭샤, 릭샤, 오토바이, 자동차, 마차, 소, 개가 요란한 소음과 욕설과 함께 거리를 가득 메우고 있다. 그곳에는 분명 시바** 신과 비슈누** 신도 함께 섞여 삿대질을 날리고 있을 것이다. 그곳이야말로 계급과 신분마저 초월한 평등한 거리였다. 그 거리를 달릴 수 있는 건 신 아니면 이곳에서 태어나 자란 사람뿐이었다.

"살아 돌아온 게 다행이었지. 그때 마님 얼굴을 네가 봤어야 하는데. 시바 신을 보고 온 얼굴이었다니까. 그 뒤로 운전사를 고용했지만 일주일이 멀다 하고 해고했지. 운전을 거칠게 한다, 욕을 많이 한다, 영어를 못한다, 빤***을 씹고 여기저기 뱉어 댄다, 냄새가 난다, 별 트집을 다 잡아 해고하더라니까. 심지어 마지막으로 해고당한 사람은 이유가 뭐였는지 아니? 눈빛이 좋지 않다는 거야. 하! 얼굴도 제대로 쳐다보지 않으

---

* 바라나시에 있는 큰 시장.
** 브라흐마, 시바, 비슈누는 인도를 대표하는 힌두교의 3대 신이다. 브라흐마는 창조의 신, 시바는 파괴의 신, 비슈누는 유지의 신을 뜻한다.
*** 인도인들이 즐기는 '씹는 담배' 종류.

면서. 그런 뒤로는 운전사를 못 구했어."

"그래서 저를 불렀군요."

"그래. 주인어른은 일찍 나가셔야 하거든. 그래도 다시 차를 보내서 아가씨를 학교에 데려다줘도 될 텐데 말이야. 주인어른은 마님에게 직접 운전해서 차를 끌고 나가든, 소중한 딸을 릭샤꾼에게 맡기든 알아서 하라고 말씀하셨어. 내 생각에는 말이야, 주인어른이 마님의 버릇을 고치려고 하는 것 같아. 요즘 마님은 집안일도 하지 않고 종일 누워서 질질 짜고만 있거든."

"어디가 아픈가요?"

"오, 분명 아픈 거지. 우리 같은 사람은 몸이 아프지만 돈 있는 사람들은 여기가 아프단다."

가정부는 자기 머리를 손가락으로 가리키더니 공중에서 몇 번 빙빙 돌리며 의미심장하게 웃었다.

"하지만 주인어른이 잘못하시는 것 같아."

"뭘 잘못한다는 거죠?"

"말 안 듣는 여편네한테는 매질이 제일인데 말이야. 그러면 금방 고분고분해질 텐데. 주인어른은 심지어 아이들도 때리지 않는다니까."

"아, 아가씨는 얌전한 것 같던데요. 말을 잘 듣지 않나요?"

"그 애가 뭘 듣는지 어떻게 알겠니? 걔는 벙어리처럼 당최 입을 열지 않는데. 그거야말로 문제 아니냐?"

뚱뚱한 가정부는 담배꽁초를 버리고 집 안으로 들어가 버렸다.

유진이 내게 처음 말을 건 것은 학교에 태우고 다닌 지 한 달쯤 지나서였다. 그날은 유진이 나를 학교 앞에서 기다리고 있었다. 유진을 태우러 가는 길에 손님을 한 명 더 태웠기 때문이었다. 그 손님을 태워다 주고 가도 시간이 얼추 맞을 것 같았는데, 길을 잘못 든 탓에 생각보다 늦어 버렸다.

유진은 교문 앞에 혼자 우두커니 서 있었다. 나를 보자 유진의 눈이 샐쭉해졌다. 어쩐지 나는 웃음이 났지만 참았다. 그럴 생각만 있었다면 유진은 집까지 걸어갈 수도 있었을 것이다. 물론 가는 길에 박시시*를 요구하는 거지들에게 시달리고 휘파람 세례는 좀 받겠지만 말이다.

유진의 학교 여학생들이 지나가면 바라나시의 남자들은 으레 추파를 던지며 수작을 걸었다. 왜 그러는지는 모르겠다. 그건 하얀 블라우스와 짧은 체크무늬 스커트를 입은 여학생들에 대한 일종의 예의 같은 거란다. 봐 달라고 예쁘게 피어난 꽃은 그냥 지나치면 안 된다고 쿤마르가 말한 적이 있었다.

유진은 릭샤에 타는 대신 보란 듯이 내 앞을 지나쳐 걸어갔

---

* 인도 말로 구걸을 뜻한다. 문화적 특성상 박시시를 함으로써 신에게 자비를 얻는다는 의미가 있다.

다. 나는 릭샤를 끌고 유진을 뒤따랐다. 하나로 높이 올려 묶은 머리가 살랑살랑 흔들렸다. 머리카락이 몇 가닥 흘러내린 가는 목이 하얗게 빛났다.

"쏘리, 마담."

유진은 내게 눈길도 주지 않았다. 계속 걷기만 하는 유진의 앞을 막아섰다. 유진이 싸늘한 눈초리로 나를 쳐다봤다.

"쏘리, 마담."

나는 다시 한 번 말했다.

"영어 할 줄 알아?"

유진은 영어로 내게 물었다.

나는 평생 학교 근처에도 못 가 봤다. 하지만 열 살 때부터 게스트하우스에서 청소를 하고 시트를 갈고 손님들 심부름을 하며 눈치껏 영어를 익혔다. 게다가 봉주르, 본조르노, 챠오, 니하오, 곤니치와 같은 인사말도 주워섬길 줄 알았다. 물론 유진의 나라 말로 "안녕하세요"라고 인사할 수도 있었지만 대신 이렇게 말했다.

"노 프라블럼, 마담."

"다신 늦지 마. 기다리는 거 정말 싫어."

유진이 영어로 또박또박 말했다. 나는 또 슬며시 웃음이 났다. 유진의 목소리는 어린아이가 노래를 부르는 것처럼 맑고 높았다. 유진의 목소리를 들어 본 건 그때가 처음이었다.

"노 프라블럼, 마담. 릭샤에 타세요, 마담."

유진이 릭샤에 올라탔다. 나는 릭샤를 조심스럽게 끌며 물었다.

"다른 사람에게 말하지 않을 거지요, 마담?"

대답이 없었다.

"다시는 늦지 않을 거예요. 그러니까 비밀로 해 주세요, 마담."

나는 뒤를 돌아봤다. 유진은 아무 표정 없이 고개를 외로 꼬고 있었다.

30루피가 날아갈지도 모르겠다는 생각이 들었다. 싱 아저씨에게 릭샤를 넘겨받은 후로 300루피를 가져다준 날은 드물었다. 싱 아저씨는 화를 내며 게으름뱅이에다 도둑놈이라고 내게 욕을 퍼부었다. 싱 아저씨의 말은 반만 맞았다. 나는 절대 게으름을 피우지는 않는다. 하지만 내게도 3, 40루피 정도는 필요했다. 집에서 엄마와 동생들이 내가 오기만을 기다리고 있었다. 정확히 말하자면 내가 들고 오는 몇 푼 안 되는 돈을 기다렸던 것이다.

싱 아저씨는 계속 이런 식이라면 릭샤를 도로 내놓아야 할 거라고 으름장을 놓았다. 하지만 나는 아저씨가 그러지 않으리라는 걸 알았다. 싱 아저씨는 씩씩거리면서도 내게 돈 버는 요령을 일러 주었기 때문이다.

돈을 벌려면 외국인 손님을 태워야 한다. 외국인에게는 무조건 적정 요금의 열 배를 불러야 한다. 그런데 요즘은 외국인 손님도 약아빠져서 절대 호락호락하지 않다. 외국인 손님은 아마도 열 배 정도 적은, 그러니까 적정 요금을 제시할 것이다. 그러면 그 요금의 다섯 배 이하로는 절대 안 된다고 죽는 시늉을 한다. 결과는 둘 중 하나다. 손님이 내 릭샤를 타거나 아니면 다른 릭샤왈라를 부른다.

하지만 난 흥정에 약했다. 그래서 외국인보다는 릭샤꾼들이 달려들지 않는 인도인들을 태우는 편이 마음 편했다. 흥정할 필요가 없기 때문이다. 그래서 온종일 달려도 300루피가 내 손에 들어오는 일은 드물었다.

유진이 갑자기 릭샤를 세우라고 했다. 집에서 몇 미터 떨어진 곳이었다.

나는 의아한 눈으로 유진을 뒤돌아봤다.

"내일은 학교로 일찍 데리러 와. 오전 수업만 하거든."

"네, 마담."

다시 출발하려고 할 때 유진이 물었다.

"다른 데도 갈 수 있지?"

"그럼요, 마담. 릭샤는 어디라도 갑니다."

"내일 학교 끝나고 영화관에 데려다줘."

"노 프라블럼, 마담. 친구들과 영화 보러 가게요?"

유진은 대답하지 않았다.

"영화 끝나고 모시러 갈까요, 마담?"

잠시 후 유진의 대답을 듣고 나는 깜짝 놀랐다. 유진이 내게 영화를 같이 보자고 했던 것이다.

"그, 그건……."

프라블럼이었다.

"릭샤꾼은 가이드도 한다고 들었어. 그렇지?"

난 고개를 끄덕였다. 릭샤로 가이드를 해 본 적은 없지만 무얼 안내해야 할지는 뻔했다. 게스트하우스에서 일할 때 손님들이 관광지를 추천해 달라고 하면 나는 기꺼이 안내해 주곤 했다. 손님들이 '갠지스'라고 부르는 강가로 데려가 화장터를 보여 주고 보트에 태워 준 다음 메인 바자르에 가서 한 번 빨면 물이 빠져 버리는 가짜 파시미나를 싼값에 사게 해 주면 그만이었다. 마지막으로는 값싸고 푸짐한 음식점을 소개하고 공짜 음료수를 한 잔씩 돌리면 관광객들은 반색하며 기꺼이 내게 팁을 쥐여 주었다. 그러다가 게스트하우스 주인에게 들켜 욕을 먹고 쫓겨나곤 했지만.

"영화관까지는 데려다줄 수 있습니다. 하지만 영화를 같이 본다면……."

유진이 나를 빤히 쳐다보았다. 나는 유진의 눈을 피해 고개를 숙였다. 유진의 눈보다 하얀 양말이 말을 건네기에 편했다.

"아시겠지만 저는 릭샤를 끌어서 돈을 벌죠. 영화를 보는 데는 적어도 세 시간은 걸리거든요. 그사이에 제 릭샤는 멈춰 있어야겠죠."

유진은 알았다는 듯이 고개를 끄덕이더니 내게 가이드 비

44

용을 물었다.

"삼백 루피."

미처 머리로 생각할 틈도 없이 내 입에서 액수가 튀어나왔다. 유진이 고개를 끄덕였다. 그래서 나는 유진과 영화를 보게 된 것이다.

"손은 잡았겠지?"

그날 저녁 쿤마르가 실실 웃으며 물었다.

"영화만 봤을 뿐이야. 그게 다야."

"물론 다 영화를 보러 간다고 하지. 하지만 여자랑 가서 영화만 보고 오는 놈은 어디 하나 떨어진 놈이야."

쿤마르가 킥킥댔다.

"KCM으로 갔겠지?"

쿤마르가 물었다. 나는 고개를 끄덕였다. 'KCM'이 바라나시에서 제일 좋은 영화관이었다.

"뭐 봤어? 요즘 아미르 칸이 나오는 영화 하지?"

나는 또 고개를 끄덕였다.

"재미는 있었겠군. 하지만 나라면 여자랑 그런 영화 보러 안 가. 화끈한 키스 신 하나 없잖아. 그랬지? 영화 얘기 좀 해 봐."

솔직히 말하면 영화 내용은 거의 기억이 나지 않는다. 세 시간 내내 화면을 쳐다보고 있었지만 어떤 줄거리였는지, 주인공이 살았는지 죽었는지도 기억이 안 났다.

"얘기 좀 해 봐, 응? 그 애, 유진이라고 했나? 좋아하든?"

"금속 탐지기를 보고 놀라는 눈치였어."

"왜?"

"그 애 나라에는 극장에 그런 게 없대. 공항에서밖에 본 적이 없다더라."

"뭐야? 말도 안 돼. 그 애, 한국 애라고 했나? 그 나라 영화관은 무지 위험하겠다. 누가 폭탄이라도 갖고 들어가면 어쩐다니? 그리고 또?"

"영화 중간에 불이 켜지니까 또 깜짝 놀랐어. 영화가 끝난 거냐고 묻기에 휴식 시간이라고 했더니 어이없다는 표정을 짓더라."

"뭐? 그럼 중간에 오줌 쌀 시간도 안 준단 말이야? 걔네 나라 사람들은 오줌보가 엄청 큰가 보네."

쿤마르가 킥킥거리며 더 이야기해 보라고 재촉했다.

"그리고 영화 중간에 한 번 크게 웃었어."

"재밌는 장면이라도 있었어?"

"아니, 매점 직원이 우리 옆자리 사람한테 햄버거를 가져다줬거든. 음식을 배달시켜 먹을 수 있다고 얘기하니까……."

"그게 뭐 웃기다고?"

"아니, 그것 때문에 웃은 게 아니라, 조금 있다가 매점 직원이 와서 빈 콜라병을 가져갔거든. 그걸 보고 깔깔대며 웃었어.”

“별걸 다 가지고 웃네. 걔, 웃음이 헤픈가 보다.”

아니다. 유진은 웃지 않는 애다. 유진이 웃는 모습을 본 건
처음이었다.

“알겠어.”

쿤마르가 말하더니 빙글거렸다.

“유진은 널 좋아해. 원래 여자는 좋아하는 남자 앞에서 잘
웃거든.”

나는 쿤마르에게 가운뎃손가락을 세워 보였다. 말도 안 되
는 소리였다.

“극장표는 그 애가 사고?”

쿤마르는 계속 물어 댔다.

“그래, 젠장.”

“왜?”

“제일 좋은 좌석으로 샀어. 그게 얼마인지 알아? 한 사람당
백오십 루피였어. 거기에다가 팝콘과 콜라까지 샀어. 다 합해
서 사백 루피가 넘었다고.”

“그래서?”

그건 내가 온종일 벌어야 하는 돈보다 더 많은 액수였어,
쿤마르. 너처럼 화장터 주변에서 장작을 훔쳐 팔아 봐야 어림
없는 돈이었다고. 타다 만 시체 발목에서 금발찌라도 줍지 않
는 한 구경도 못 할 돈이라고. 굳이 내가 말하지 않아도 쿤마

르 역시 잘 알고 있다.

"그치만 그 애가 다 냈잖아. 뭐가 문제야?"

나는 대답하지 않았다. 내가 왜 화를 내고 있는지 나도 잘 몰랐다.

"우리 집에 가자. 좋은 거 보여 줄게."

쿤마르가 말했다. 그게 뭔지 뻔했지만 나는 고개를 끄덕였다. 오늘은 싱 아저씨에게도 벌써 다녀왔고, 그러고도 내 수중에는 60루피 정도가 남아 있었다. 유진 덕분이었다.

화장터 바로 옆에 있는 쿤마르의 방은 후텁지근했다. 거리로 난 작은 창을 열었지만 별 소용 없었다. 오히려 강에서 불어오는 습한 바람과 화장터의 채 식지 않은 열기가 방 안으로 밀려들어 더 숨이 막혔다. 쿤마르의 방 벽은 여기저기 곰팡이가 슬어 있다. 화장터에서 날아드는 재 때문에 쿤마르가 늘 창을 닫아 놓는 탓이었다.

이 도시 구석구석 배어 있는 냄새에 사람들은 무감각해져 있었다. 나 역시 그랬지만, 쿤마르의 집에서만큼은 내 얼굴에 코가 달려 있다는 걸 실감하곤 했다. 역한 냄새를 생생하게 맡을 수 있었기 때문이다. 거리의 하수구에서 올라오는 악취, 똥오줌 냄새, 곰팡이 냄새, 강바닥의 냄새, 재와 향 냄새, 살이 타는 냄새, 온갖 것이 썩어 문드러져 가는 냄새. 그것은 쿤마르와 내가 풍기는 냄새이기도 했다.

좁고 침침하지만 쿤마르는 자기 방을 좋아했다. 방 한 칸에 여덟 식구가 누워 자야 했던 움막에 비하면 천국이라고 했다. 쿤마르는 강 건너 섬에서 태어났다. 섬에는 늘 자욱한 안개가 끼어 있고 강기슭에는 말라비틀어지고 더러운 개 떼가 서성거렸다. 섬사람들은 간혹 개를 잡아먹기도 했다.

섬은 불가촉천민 중에서도 가장 하층민이 사는 곳이었다. 그곳 사람들은 아무 직업도 가질 수 없었지만 일은 했다. 그들이 하는 일은 구걸이었다. 하지만 그 행위를 부끄러워하는 사람은 아무도 없었다. 구걸은 부유한 사람들에게 자선을 베풀 기회를 제공하는 거룩한 일이었다. 몇 푼 안 되는 돈을 적선하는 것으로 부자들은 내세에 더 나은 계급으로 태어날 덕을 쌓는다. 불가촉천민이 내세에 그들의 비천한 신분을 벗어날 유일한 방법 또한 열심히 구걸하는 것뿐이었다. 쿤마르의 가족은 여전히 섬에 살고 있지만 쿤마르는 섬을 떠난 후로 단 한 번도 강을 건넌 적이 없다. 보트로 겨우 5분도 안 되는 거리인데 말이다.

쿤마르가 침대에 털썩 주저앉자 침대는 비명을 질러 댔다. 삐걱거리는 철제 침대 하나가 살림의 전부였다. 병원에서 버린 침대를 주워 온 것이다. 내가 보기에는 잠시 햇볕에 소독하려고 바깥에 내다 놓은 것 같았는데 쿤마르는 버린 것이라고 우겼다. 버린 걸 줍는 것치고는 쿤마르의 동작이 지나치게 조심스럽고 빨랐지만 나는 잠자코 침대 뒷다리를 들고 뜰 수

밖에 없었다. 침대 앞다리를 들고 벌써 쿤마르가 달리고 있었기 때문이다.

쿤마르가 가진 거의 모든 것은 침대 밑에 놓여 있었다. 이를테면 냄비와 그릇, 차를 끓이는 주전자와 잔, 몸을 씻는 대야와 화장실 갈 때 쓰는 바가지, 재에 얼룩지고 땀에 전 옷가지, 언젠가 길에서 우연히 만난 쿤마르의 여동생이 억지로 쥐여 준 팔찌 따위들 말이다. 오랜만에 만난 오빠에게 줄 만한 건 제가 지니고 있던 조잡한 팔찌 하나뿐이었던 쿤마르의 여동생은 그 후로 다시 만날 수 없었다. 아마도 지참금을 요구하지 않는 늙은이에게 시집갔거나 사창가로 팔려 갔을 테지만, 쿤마르는 여동생 이야기를 단 한 번도 입에 올리지 않았다. 자기가 가진 모든 게 고스란히 드러날까 봐 쿤마르는 한사코 침대를 제 방에 놓아 둔 것 같았다.

쿤마르가 소중히 여기는 건 다 벽에 걸려 있다. 시장에서 깎아서 10루피에 산 셔츠와 15루피 준 검은 바지, 단돈 7루피에 건진 챙 달린 검은 모자. 모두 합해야 콜라 한 병 값밖에 안 되는 옷을 차려입고 쿤마르는 영화배우 뺨치지 않느냐고 물었다. 나는 웃기지 말라고 했지만 속으로는 어느 정도 수긍했다. 솔직히 말하면 쿤마르는 30루피 정도의 옷을 입고도 영화배우처럼 멋지게 보였다.

벽에는 포스터도 잔뜩 붙어 있었다. 인도인들이 모두 그러하듯 쿤마르도 집 안에 신의 모습을 담은 포스터를 모셔 놓았다. 다른 점이라고는 그 신이 비슈누나 가네샤가 아니라는 것이었다.

쿤마르는 '디피카 파두콘'을 섬겼다. 춤을 추는 디피카 파두콘, 오픈카 위에 올라탄 디피카 파두콘, 민속 의상인 사리를 입은 디피카 파두콘, 탱탱한 엉덩이를 강조하는 청바지를 입은 디피카 파두콘. 디피카 파두콘은 몇 년 전에 개봉한 영화 〈옴 샨티 옴〉의 여주인공이었다. 작고 어두운 방 안에서 디피카 파두콘은 언제나 햇살 같은 미소를 짓고 있었다. 물론 쿤마르는 미소보다는 터질 것 같은 가슴이 강조된 사진들을 더 좋아했지만 말이다. 쿤마르가 디피카 파두콘을 좋아하게 된 건 얼마 되지 않는다. 그전에는 대부분의 인도 사람들처럼 '아이쉬와라 라이'를 좋아했다. 나는 지금도 아이쉬와라 라이보다 예쁜 여자는 없다고 생각한다.

쿤마르가 베개 밑에서 잡지 한 권을 꺼내 내밀었다.

"가트*에서 만난 미국 애들한테 얻은 거야. 끝내주지?"

나는 한 번 훑어보고 쿤마르에게 돌려줬다. 처음부터 끝까지 거의 아무것도 걸치지 않은 여자들 사진이었다. 가슴이 훤히 드러나고 사타구니 사이의 구불거리는 털까지 다 보이는 노골적인 사진은 이제 내게 별 감흥을 주지 못했다. 전혀 아

---

* 갠지스 강변에 있는 돌계단. 보통 힌두교도들이 목욕재계하는 장소로 쓰이며 일부는 화장터 역할도 한다.

름답지도, 섹시해 보이지도 않았다. 물론 처음에는 달랐다. 쿤마르가 건네준 잡지 표지만 보고도 아래에 달린 그놈이 단숨에 서 버렸다. 내가 입은 것이 헐렁한 바지였음을 감사해야 했다. 쿤마르의 딱 붙는 바지는 지퍼 쪽이 숨길 수 없을 만큼 팽팽해져 있었다. 하지만 이제 우리는 잡지를 보며 모델의 포즈나 구도, 표정을 이야기한다.

쿤마르가 베개 밑에서 작은 나무 상자를 꺼냈다. 쿤마르가 내게 보여 주고 싶었던 것은 사실 잡지가 아니다. 쿤마르는 상자를 소중하게 쓰다듬더니 뚜껑을 열었다. 상자에서 쿤마르가 꺼낸 건 편지였다. 쿤마르가 편지 한 장을 펼쳐서 읽어 내려갔다. 너무 벅차서인지 쿤마르는 더듬더듬 편지를 읽었다. 쿤마르의 목소리가 점점 들뜨기 시작했다. 희미한 촛불이 쿤마르 얼굴에 너울거렸다. 어둑한 방 안에서도 쿤마르의 눈은 반짝반짝 빛났다. 편지를 다 읽고 나서 쿤마르는 편지지를 곱게 접어 코끝에 댔다. 마치 편지를 쓴 이의 손길이 어루만지기라도 한 듯, 쿤마르의 얼굴에 홍조가 번졌다.

쿤마르는 침대 위 벽을 잠시 쳐다봤다. 디피카 파두콘이 변함없이 쿤마르를 향해 미소 짓고 있었다.

"정말 꼭 닮지 않았니?"

쿤마르가 여전히 달뜬 눈으로 나를 향해 물었다.

"물론 리나가 훨씬 예쁘지만."

나와 쿤마르가 동시에 말했다. 하도 들었더니 나도 이제는 리나와 디피카 파두콘 중 누가 더 예쁜지 알 수 없게 됐다.

"난 리나가 정말 좋아."

쿤마르가 말했다. 그건 말하지 않아도 알 수 있었다.

쿤마르는 해 질 무렵이 되면 옷을 갈아입고 늘 가트로 나갔다. 다샤스와메드 가트에서 '아르띠 뿌자'가 열리기 때문이었다. 강가 여신에게 기도를 드리는 의식인 아르띠 뿌자에는 주민뿐 아니라 관광객이 많이 몰려들었다. 하얀 셔츠와 검은 바지를 말쑥하게 차려입고 모자를 비스듬히 쓴 쿤마르는 누가 봐 주기를 원하는 듯 잔뜩 폼을 잡고 사람들 속을 걸었다. 쿤마르는 가트를 어슬렁거리다 두세 명이 짝을 이뤄 다니는 외국인 여자들을 보면 슬쩍 다가갔다. 그러고는 적당한 때를 엿보아 말을 걸었다.

"혹시 이 팔찌 떨어뜨리지 않았나요?"

여자들은 아니라고 대답한다. 당연하다. 주웠다는 그 팔찌는 쿤마르가 시장에서 다섯 개에 1루피 주고 산 것이기 때문이다.

"팔찌가 예뻐서 당신들 것이라고 생각했어요. 당신들처럼 아름다운 사람들에게 딱 어울려요. 주운 거지만 괜찮다면 선물로 드리고 싶어요. 한번 팔목에 차 보세요. 제가 끼워 드릴까요?"

쿤마르는 절대 한 사람을 지목하지는 않았다. 팔목을 내미는 여자에게 팔찌를 끼워 주고 나머지 여자들에게는 재미난 이야기로 즐거움을 선사했다.

쿤마르의 풋풋한 미소는 이내 여자들의 경계심을 무너뜨렸고 잘생긴 얼굴은 여자들의 마음을 사로잡았다. 쿤마르의 이야기에 여자들은 웃다가 눈물까지 찔끔거렸다. 쿤마르의 형편없는 영어 실력으로 어떻게 가능한 일인지 나는 늘 궁금했지만 쿤마르는 전혀 문제 될 게 없다고 했다. 중요한 건 따로 있다면서 쿤마르는 제 심장 쪽을 손가락으로 가리키며 내게 윙크를 해 보였다.

아르띠 뿌자가 끝날 즈음에는 같이 저녁을 먹자는 이야기가 여자들에게서 먼저 나왔고, 쿤마르는 여자들을 분위기 좋고 맛있는 식당으로 안내했다. 식사를 마치면 맥주에 취한 여자들이 기꺼이 쿤마르의 밥값을 지불했을 뿐만 아니라 쿤마르가 은근슬쩍 권하는 가게에 들러서 별 필요도 없는 장신구나 숄 같은 것을 사기도 했다. 쿤마르는 식당과 가게에서 약간의 돈을 받았다. 여자들이 물건을 사 주지 않아도 괜찮았다. 최소한 맛있는 저녁을 공짜로 먹을 수 있었기 때문이다. 강가의 물이 마르지 않는 한, 강가 여신의 자비로 그런 날이 계속되리라고 쿤마르는 생각했다. 하지만 꼭 그런 건 아니었다.

그날은 쿤마르에게 일이 잘 풀리지 않는 날이었다. 여자들에게 다가가 봤지만 냉정한 거절이나 차디찬 모욕만 돌아왔다. 호의를 다해 말을 걸어도 사기꾼이나 거지 취급을 당했다.

쿤마르는 풀이 죽어 가트에 서서 강가의 물을 바라보며 오늘 저녁은 혼자 먹어야 할지 모른다고 생각하고 있었다. 강 건너로 저녁 안개에 싸인 섬이 희미하게 보였다. 섬 위, 작은 오두막집에서는 저녁 짓는 연기가 안개 속으로 퍼져 가고 있을 것이었다. 섬이 점점 더 부옇게 보이는 걸 깨닫자 쿤마르는 눈가를 쓱 닦으며 돌아섰다.

그 순간, 쿤마르는 정신이 아찔해졌다.

강가 여신이었다. 갠지스 강의 신성한 어머니이자 정숙한 딸이며 풍요의 여인인 강가 여신이 눈앞에 서 있었다. 비록 연홍색 숄로 몸을 감싸고 있긴 했지만 신이라면 마땅히 지니고 있을 광채를 숨길 수는 없었다. 게다가 풍요로운 강가 여신다운 볼륨 있는 곡선을 가리기에 얇은 천 조각은 무용지물일 뿐이었다. 빈디*를 붙인 이마에는 기품이 어려 있고, 활처럼 휘어진 눈썹 아래로는 밤처럼 깊고 그윽한 눈동자가 반짝였다. 오뚝한 콧날은 근접할 수 없는 고귀함을 풍겼지만, 살짝 벌어진 입술에는 왠지 장난기 어린 미소가 어려 있었다.

여신이 하얀 연꽃 위에 올라타고 있지 않은 것을 의아해하며 쿤마르는 물었다.

"혹시 이 팔찌 떨어뜨리지 않았나요?"

강가 여신은 웃음을 터뜨렸다. 숭고하고 아름다운 여신에게

---

* 힌두교도 여성들이 이마 가운데에 찍거나 붙이는 장식용 붉은 점.

꼭 어울리는 꽃, 하얀 연꽃을 구하지 못한 쿤마르는 대신 지나가던 아이를 불러 꽃목걸이를 사서 여신의 발 앞에 바쳤다. 여신은 또 웃음을 터뜨렸다. 여신의 이름은 리나였다.

쿤마르는 전생에 여러 차례 부부로 태어나 살았던 샤자한과 뭄타즈 마할처럼 리나와 자신도 몇 번이나 운명의 끈으로 맺어진 관계였을 거라고 했다. 리나를 처음 만났을 때 몹시 낯익은 느낌을 받았다는 것이다. 쿤마르는 나중에 가게에 붙어 있던 광고 포스터에서 그 이유를 찾을 수 있었다. 음료수병을 들고 있는 디피카 파두콘의 미소가 바로 리나와 비슷했다. 그래도 쿤마르는 역시 자신들은 운명적인 연인이라고 생각했다.

"리나를 만나러 갈 시간이야."

쿤마르가 서둘러 옷을 갈아입었다. 벌써 한밤중이었다.

나는 리나가 밤마다 어떻게 그 궁궐 같은 집의 긴 복도를 지나 그토록 튼튼한 철문과 높은 담을 뚫고 집을 빠져나오는지 궁금했다.

"리나 아버지는 개를 싫어하거든. 개만 없으면 돼. 시끄러운 놈들."

쿤마르가 크르릉, 하고 개 짖는 소리를 흉내 냈다.

"하지만 쿤마르, 리나의 아버지와 오빠들이 있잖아."

"그래서 뭐?"

"조심해야 한다고. 알잖아."

"뭘?"

"리나는 우리와 달라."

리나는 유진이 다니는 사립 고등학교에 다녔다. 리나의 아버지는 부자였다. 리나는 크샤트리아였다. 쿤마르와 나는 불가촉천민이었다. 크샤트리아와 불가촉천민이 만나 사랑을 이루는 건 영화에서나 가능한 일이었다. 그건 쿤마르도 잘 알고 있었다.

"그들이 알면 가만 안 둘 거야."

내 말에 쿤마르는 잠자코 머리를 빗고 나서 대답했다.

"하지만 리나는 나를 좋아해."

나는 더 이상 말하지 않았다.

밤에도 더위는 가시지 않았다. 밤하늘로 하얀 연기가 솟아오르고 있었다. 화장터의 불은 밤낮으로 꺼지지 않고 탔다. 어린 여자아이들이 바구니를 들고 강가 주변을 돌아다녔다. 아이들의 바구니 안에는 초를 올린 꽃배, 디아가 아직 남아 있다. 아이들이 디아를 다 팔기 전에 꽃은 시들어 버릴 것이다.

어둠이 더 짙어지자 도시는 한결 나아 보였다. 밤은 모든 것을 감추었다. 미로처럼 얽힌 좁은 골목길, 열린 하수구에서 풍겨 나오는 악취, 도사*를 굽는 기름 냄새에 전 거리, 개와 소

---

* 발효 쌀과 콩을 섞은 반죽을 얇게 펴서 구운 인도 전통 음식.

의 똥과 온갖 오물이 넘치는 길바닥이 어둠에 묻혀 잠들어 있었다. 밤은 도시의 가련한 사람들도 품에 감싼다. 가난한 사람들은 부자들보다 더 깊은 잠을 잔다. 그들이 더욱 고단해서만은 아니다. 오직 잠만이 궁핍과 허기를 잊을 수 있게 하기 때문이다.

남루한 집에 햇살이 스며들면 잠에서 깨어난 사람들이 가트로 몰려나온다. 누런 흙탕물을 머리에 끼얹으며 오늘도 삶을 이어 주신 신께 감사드리는 남자들 옆에서 벌거벗은 아이들이 멱을 감고 여자들은 빨래를 하고 채소를 씻는다. 온갖 오물이 둥둥 떠다니지만 아무도 신경 쓰지 않는다. 더러운 때와 오물은 다름 아닌 그들이 쏟아 낸 것이기 때문이다. 그리고 그 물이 다시 그들을 깨끗이 씻어 주는 것이다. 타다 만 시체가 떠내려와도 개의치 않는다. 언젠가는 그들도 강의 일부가 될 것이기 때문이었다. 더구나 강가에 버려진다는 것은 더없이 큰 축복을 뜻했다.

강가의 물은 모든 것을 허락하고 감싸 안았다. 혼돈의 전생도, 비참한 현실도, 다가올 내세도. 없는 것은 오직 미래뿐이었다. 가난한 사람들의 미래는 마치 강가의 물처럼 혼탁하고 뿌옇기만 했다. 하지만 밤만은 누구에게나 공평했다. 어둠이 모든 것을 삼켜 버리니까.

작은 보트 한 척이 천천히 물살을 가르며 가트에 닿았다. 뱃사공은 요란하게 작별 인사를 하고 또 다른 손님이 있을까 싶어 가트 주변을 살폈다. 보트에서 내린 여행객 몇이 이내 어둠 속으로 사라졌다. 그들이 가로질러 온 물 위에 작은 별들이 넘실거린다. 도시에는 별이 뜨지 않는다. 대신 강 위에 별이 흐른다. 여행객들이 보트 위에서 떠내려 보낸 디아들이 별처럼 떠다닌다. 작은 불빛은 금방이라도 꺼질 듯 위태위태해 보인다. 쿤마르에게 하지 않은 말이 있었다. 나는 유진과 함께 이곳 가트에 왔었다. 영화를 본 뒤였다.

특별석 A16번과 A17번. 유진과 내 좌석은 2층 맨 앞줄이었다. 2층 자리는 거의 비어 있었다. 유진은 주인공이 악당을 때려눕히는 중요한 순간이면 자리를 박차고 난간에 매달렸다. 화면 대신, 난간을 잡고 허리를 굽혀 아래를 내려다봤다. 아래층에서 요란한 휘파람 소리와 박수, 환호성이 터져 나왔기 때문이다.

악당을 물리치고 나자 주인공 주위로 화려한 사리를 입은 여자들이 몰려나와 춤을 추고 노래했다. 아래층 객석에 앉아 있던 사람들은 기다렸다는 듯이 일어나 환성을 지르며 몸을 흔들어 댔다. 영화 내내 노래는 대여섯 곡 정도 불려졌다. 영화 한 편에 대개 그 정도 곡이 나온다. 그때마다 사람들은 한 번도 빼놓지 않고 일어나 춤을 따라 췄다.

유진에게 영화 줄거리를 묻는다면 아마 제대로 말하지 못할 것이다. 난간에 기대어 아래층 사람들만 구경했기 때문이다. 나도 영화를 보지 않았다. 나는 영화 대신 유진을 바라보았다. 스크린 불빛이 일렁이는 유진의 얼굴을, 어둠 속에서도 빛나는 초승달 같은 이마를, 아래층에서 환호성이 들려올 때마다 반짝거리는 유진의 눈을 몰래 훔쳐봤다. 유진의 얼굴에 미소가 퍼져 가는 걸 보자 이상하게 심장이 두근거렸다. 모든 소리와 빛이 아득히 멀어지고, 어두운 극장 안에 유진과 나둘뿐인 것 같았다.

유진이 난간에서 물러나 내 옆에 와 앉자 희미하게 보리수 꽃 향이 났다. 나는 숨을 멈추고 스크린만 뚫어지게 바라보았다. 그러지 않으면 쿵쾅거리는 심장 소리가 유진에게 들릴 것 같았다.

영화가 끝나고 밖으로 나왔을 때 힐긋거리는 사람들의 시선이 느껴졌다. 유진의 교복 때문이었을 것이다. 하얀 블라우스와 짧은 체크무늬 스커트인 교복은 어디서나 눈에 잘 띄었다. 더구나 그 옆에 내가 있었다. 내 러닝셔츠는 땀에 절어 누리끼리했다. 아무리 빨아도 지워지지 않을 가난의 색이었다. 고개를 숙이고 걷자 유진의 하얀 양말이 보였다. 유진의 종아리는 양말만큼 하얬고 평생 한 번도 달려 보지 않은 것처럼 매끄러웠다.

영화관을 나온 유진은 내 릭샤에 올라탔다. 조금 전 어두운 영화관 안에서는 나란히 앉아 있었지만 더는 아니었다. 나는 릭샤를 끌기 시작했다. 유진의 집 쪽이 아닌 강가로 릭샤를 돌렸다. 왜 그랬는지는 모르겠다. 아마 양심에 걸렸던 것 같다. 가이드로서의 양심 말이다. 300루피라면 도시의 환상은 물론 도시의 진면목도 볼 만한 가격이었다. 유진은 아무 말도 하지 않았다. 아마 지름길로 가고 있는 거라고 생각했을 것이다. 하지만 릭샤왈라에게 지름길은 없다. 모든 길은 가파르거나 험할 뿐이다.

멀리 강이 보였다. 잿빛 연기가 하늘을 향해 날아올라 희뿌연 구름을 만들고 있었다. 나는 화장터가 잘 보이는 곳에 릭샤를 세웠다. 유진은 내리지 않고 릭샤에 앉아 있었다. 왜 여기로 데려왔느냐고 묻지도 않고 화장터만 물끄러미 내려다봤다.

유진이 한참 만에 입을 열었다.

"저 사람들은 왜 노래를 부르고 있지?"

"죽은 사람의 가족들이거든."

"그럼 눈물을 흘리며 슬퍼해야지."

"계급이 낮은 사람들이기 때문이야. 강가에서 화장을 하면 다음 생에서는 귀한 신분으로 태어날 수 있다는 걸 알고 있거든. 그래서 기뻐하는 거야."

잠시 후 유진이 물었다.

"넌 무슨 계급이야?"

"난 몸을 움직여 먹고사는 계급이지."

유진은 더 묻지 않았다.

"아까 영화배우 봤지? 그들은 대부분 크샤트리아야. 높은 계급이지. 하지만 먹고살려면 누구나 몸을 움직여야 해. 다 똑같은 거야. 저 아이들도."

나는 바구니를 들고 지나가는 여자아이들을 가리켰다. 그리고 그중의 한 아이를 불렀다. 내가 부르는 소리에 서너 명의 여자아이들이 한꺼번에 달려왔다. 나는 그중 가장 작은 아이의 바구니에서 제일 싱싱한 꽃으로 장식된 디아를 하나 샀다. 아이가 5루피를 받고 떠나자 다른 아이들도 내게 바구니를 내밀었다. 나는 더 필요 없다고 말하고 아이들을 돌려보낸 뒤 유진에게 디아를 주었다.

"이게 뭔지 알아."

유진이 말했다.

"전에 우리 가족 모두 여기 온 적 있었어. 이 꽃배에 불을 밝혀 강물에 띄우면서 소원을 비는 거지?"

"그래, 맞아. 그렇게 했어?"

흥, 하고 유진이 콧방귀를 뀌었다. 그러고는 말했다.

"디아를 팔려고 지어낸 이야기겠지. 이거 하나 띄운다고 소원이 이뤄질 턱이 있어?"

"손해 볼 건 없지. 오 루피짜리 디아 하나 띄웠는데 소원이 이뤄진다면 그리 손해 보는 거래는 아니잖아?"

잠시 후에 유진이 작은 목소리로 말했다.

"사실은 나도 디아를 샀어."

"그래, 손해 볼 건 없지. 뭘 빌었어?"

"한국으로 얼른 돌아가게 해 달라고 빌었어."

유진이 고개를 숙인 채 제 손가락을 만지작거리며 말했다. 유진의 손가락은 하얗고 길었다. 매일 밤 유진의 집 안에서 들려오던 피아노 소리가 유진이 연주하는 것인지 나는 묻고 싶었다.

싱 아저씨의 집에 들른 뒤에도 나는 릭샤를 몰아야 했다. 인적이 완전히 끊기고 나서야 비로소 내 릭샤는 쉴 수 있었다. 싱 아저씨는 기운이 좀 있는 날에는 내게 욕을 하고, 입을 열 수 없을 정도로 힘이 없는 날에는 누워서 가쁜 숨만 몰아쉬었다. 싱 아저씨의 마지막이 점점 다가오고 있음을 아저씨나 나나 잘 알고 있었다. 하지만 아무도 그것을 말하지 않았다. 그게 릭샤왈라의 운명이라는 것을, 우리는 잘 알고 있었다.

싱 아저씨를 만나고 나올 때면 왠지 답답해져서 릭샤를 끌고 정신없이 달리곤 했다. 숨이 턱까지 차오르면 길가에 릭샤를 세우고 가쁜 숨을 골랐다. 한 번은 어디서 무슨 소리가 들려왔다. 가만히 들어 보니 피아노 소리였다. 담장 너머 환하게 불 밝힌 이층집에서 흘러나오고 있었다. 그제야 나는 그곳이 유진의 집 앞이라는 걸 알았다. 아니, 사실은 처음부터 유진의 집이라는 걸 알고 있었다. 손님을 찾아 달리다가 정신 차리고 보면 늘 유진의 집 앞이었다.

어두운 거리로 희미한 피아노 소리가 퍼져 나왔다. 그 소리를 들고 있자니 마치 강가 물속에 손을 담그고 있는 기분이었다. 강가의 물은 우유처럼 따뜻하고 부드러웠다. 화장터에서 쏟아 내는 재와 썩은 부유물이 강가의 물을 강가 여신의 피부처럼 매끈하게 만들었다. 강가의 물이 몸을 감싸고 도는 것처럼 몸이 나른해졌지만, 이상하게 심장은 두근거렸다.

나는 보리수 그늘 아래로 숨어들었다. 연주는 계속됐다. 모두 처음 듣는 곡들이었다. 무슨 곡인지 알지 못했지만 상관없었다. 다만 누가 연주하고 있는지는 궁금했다. 누군지는 몰라도 혼자 피아노를 치고 있을 거라는 생각이 들었다. 누군가를 위해서라면 그렇게 계속 슬픈 곡만 연주하지는 않을 것이다. 연주가 끝날 때까지 나는 보리수 그늘 아래 가만히 서 있었다. 어느덧 피아노 소리가 그치고 거리에 다시 침묵이 찾아들면 나는 또 릭샤를 끌고 달렸다.

나는 유진의 손가락을 바라보며 말했다.

"소원을 들어주실 거야. 다만 여기 신들은 '빨리'라는 개념을 몰라. 신들의 시간은 아주 느리게 흐르거든."

유진이 흐르는 강물을 조용히 바라보았다. 태양이 던져 준 마지막 햇살이 누런 물을 붉게 물들였다. 어느새 가트에 사람들이 하나둘 모여들고 있었다. 잠시 후면 뿌자가 시작될 시간이었다.

쿤마르는 지금쯤 작은 방에서 옷을 갈아입고 빗질을 하고 있을 것이다. 방을 나서기 전에 리나에게서 받은 편지를 또

한 번 읽을 테지. 비록 읽지 못하는 글자투성이라고 해도 쿤마르에게는 문제 될 게 없었다. 어차피 신의 뜻을 모두 이해하는 건 불가능한 일이다. 쿤마르는 강가 여신 같은 리나가 자기를 좋아하는 것만은 잘 알고 있었고, 그것으로 충분했다.

"너도 꽃배를 띄우고 소원을 빌어 본 적 있니?"

유진이 물었다.

"여기 사람들은 안 해. 디아는 비싸니까."

유진이 샐쭉한 표정을 지었지만 입가에는 웃음을 머금고 있었다.

"진짜 효과적인 방법이 있어. 그건 백발백중이야. 여기 사람들은 다 알고 있어."

"그게 뭔데?"

"고래."

유진의 눈썹이 살짝 올라갔다.

"여기 강가에서 헤엄치는 고래를 본 사람은 반드시 소원을 이룰 수 있어."

"여기에 고래가 있다고? 무슨 소리야? 고래는 바다에 살잖아."

"여기 살아. 틀림없어. 본 사람들이 있어."

미심쩍은 표정으로 유진이 물었다.

"너도 고래를 본 적 있어?"

"만져 본 적은 있어. 물속으로 손을 넣었더니 쓱 지나가더

라. 굉장히 부드럽던데?"

"거짓말!"

유진이 내뱉었다. 나는 웃음이 나왔다. 하지만 참았다. 웃었다가는 유진이 거짓말이라고 생각할 것이기 때문이었다.

유진에게 말해 주고 싶었다. 여긴 강가라고. 관광객들이 갠지스 강이라고 부르는 강은 상상했던 것보다 더럽고 초라해서 적잖이 실망하고 떠나는 곳이겠지만, 우리의 강가는 모든 것을 주고 또 받아들이는 자비롭고 숭고한 곳이라고. 돈과 건강, 고귀한 신분, 슬픔과 기쁨, 그리고 사랑까지도. 그 모든 것을 줄 수도 있고 또한 그 모든 것을 가져가기도 한다고. 삶과 죽음, 심지어 그 너머의 세계까지 강가에 죄다 있었다. 그러니 고래라고 없으란 법 있는가? 저 강 밑바닥에 뭐가 있는지 아는 사람은 아무도 없다.

"네 소원은 뭔데?"

유진이 물었다. 나는 대답 대신 웃어 보였다.

"넌 몇 살이야?"

유진이 또 물었다.

"열여섯 살."

유진의 얼굴에 언뜻 놀라는 기색이 떠올랐다. 나는 유진이 나와 동갑이라는 걸 알고 있었지만 아무 말도 하지 않았다. 유진의 눈에는 내가 몇 살로 보였던 걸까. 굽 있는 구두를 신은 유진과 내 키는 비슷하다. 몸집도 비슷하다. 그러나 유진은 절대 릭샤를 끌지 못할 것이다. 끌 필요가 없기 때문이다.

"이제 마담이라고 부르지 않네."

유진이 말했다.

"결혼한 여자나 마담이라 부르는 거지."

"알면서도 나를 마담이라고 부른 거니?"

유진이 눈을 흘기는 것을 보면서 나는 등을 돌렸다. 또 웃음이 나왔기 때문이다.

"이제 돌아갈 시간이야."

나는 릭샤 손잡이를 잡으며 말했다. 유진은 몸을 등받이에 기댔다.

릭샤를 끄는데 뒤에서 유진이 물었다.

"그럼 이제 마담이라고 부르지 않을 거니?"

나는 대답하지 않았다. 슬며시 웃음이 났다. 이번에는 참지 않았다. 뒤에서 또 목소리가 났다.

"내 이름이 뭔지 아니?"

나는 속력을 내어 릭샤를 끌었다. 유진. 나는 작은 목소리로 말했다. 바퀴 소리 때문에 아무도 듣지 못했을 거다.

"네 이름은 뭐야?"

유진이 물었다. 아룬. 속으로만 대답했다.

평소 유진이 하교하는 시간에 맞춰 유진을 집 앞에 내려줬다. 유진은 내 손에 300루피를 쥐여 주었다. 나는 말없이 받아 들었다. 유진이 손에 디아를 들고 집 안으로 들어갔다. 마당의 보리수가 바람에 일렁이고 있었다. 나는 릭샤왈라로 돌아와 거리로 달려갔다.

주말 동안 쿤마르가 보이지 않았다. 밤늦게 집으로 찾아가 봤지만 쿤마르는 없었다. 또 리나를 만나러 간 것이리라. 창문을 열자 거리의 희미한 불빛이 방 안으로 스며들었다. 가는 연기가 솟아오르는 화장터 너머로 강이 보였다. 검은 물 위에 떠도는 디아의 불빛이 깜박거렸다. 하나둘, 빛이 사라져 갔다. 이슥하도록 쿤마르는 돌아오지 않았다. 나는 벽에 붙은 디피카 파두콘의 사진을 훑어본 다음 창문을 닫고 쿤마르의 방을 떠났다.

월요일 아침에 메인 바자르 앞에서 경찰이 나를 불러 세웠다. 막 유진을 학교에 태워다 주고 오는 길이었다. 경찰은 나를 차에 태우고 병원으로 갔다. 그러고는 내게 차디찬 철제 침대 위에 놓인 몸뚱이를 보여 주었다. 검은 피로 얼룩진 시체는 쿤마르의 셔츠와 바지를 입고 있었다. 모자는 보이지 않았다. 모자를 쓰고 있어야 할 머리가 없었기 때문이었다. 아직 발견되지 않았다고 경찰은 말했다. 모자를 말한 것인지 머리를 말한 것인지 알 수 없었다.

알아보겠느냐고 경찰이 내게 물었다. 나는 아무 대답도 하지 않았다. 쿤마르가 아니냐고 경찰은 물었다. 나는 모르겠다고 대답했다. 쿤마르가 아니냐고 경찰은 또 물었다. 나는 아니라고 대답했다. 쿤마르일 리가 없었다. 쿤마르여서는 안 되었다.

경찰은 고개를 절레절레 흔들며 말했다.

"왜 너희는 맨날 문제를 일으키는 거냐, 응? 도대체 무슨 짓을 한 거야?"

나는 대답했다.

"아무 문제도 없었어요, 아무 문제도."

경찰이 싸늘한 표정으로 나를 바라보았다. 나는 다시 한 번 말했다.

"노 프라블럼, 써."

오후가 돼서야 나는 경찰서에서 풀려났다.

나는 릭샤를 몰고 유진의 학교 앞으로 갔다. 기다리던 유진은 눈을 새치름하게 뜨고 있었지만 입가에는 엷은 미소를 띠고 있었다.

"릭샤에 타세요, 마담."

유진이 뭐라 말하려다가 입을 꾹 다물었다.

"쏘리, 마담. 다시는 늦지 않을게요."

유진이 내 눈을 뚫어지게 쳐다봤다. 나는 고개를 숙였다. 유진의 하얀 양말과 가는 다리가 눈에 들어왔다. 이마에 흐르는 땀이 눈 속으로 흘러들었다. 흙먼지로 뒤덮인 내 검은 맨발도, 찌그러진 릭샤 바퀴도, 볕에 뜨겁게 달궈진 길바닥도 모두 어룽어룽했다.

"늦지 말라고 했지? 난 기다리는 게 정말 싫다고!"

유진이 소리쳤다. 고개를 들어 보니 유진의 눈가가 붉어져 있었다.

"노 프라블럼, 마담."

나는 대답했다.

"그 말밖에 못 해? 뭐가 노 프라블럼이라는 거야?"

유진의 목소리가 파르르 떨리는 걸 느끼며 나는 등을 돌려 릭샤 손잡이를 잡았다.

"나를 놀리는 거지?"

유진이 물었다. 나는 말없이 유진이 릭샤에 올라타기만을 기다렸다.

"나를 놀린 거야. 너희는……, 다 그래. 이 지긋지긋한 나라."

유진이 거칠게 릭샤에 올라탔다. 나는 릭샤를 끌기 시작했다. 한 번도 쉬지 않고 달렸다. 메인 바자르를 지날 때 자동차들이 나를 향해 경적을 울리고 다른 릭샤꾼들이 욕설을 퍼붓고 주먹을 날려 대도 나는 잠시도 멈추지 않고 달렸다.

집 앞에 도착하자 유진이 15루피를 땅바닥에 던졌다. 나는 천천히 몸을 숙여 돈을 주웠다. 유진의 양말은 늘 그런 것처럼 하얬다. 유진이 총총걸음으로 대문으로 들어섰다. 무성한 잔디밭을 가로지르는 유진의 뒷모습을 나는 가만히 지켜봤다. 이것이 마지막임을 유진은 알지 못한다.

유진이 집 안으로 사라졌다. 마당의 보리수 가지가 가만히 일렁이고 조용히 새가 울었다.

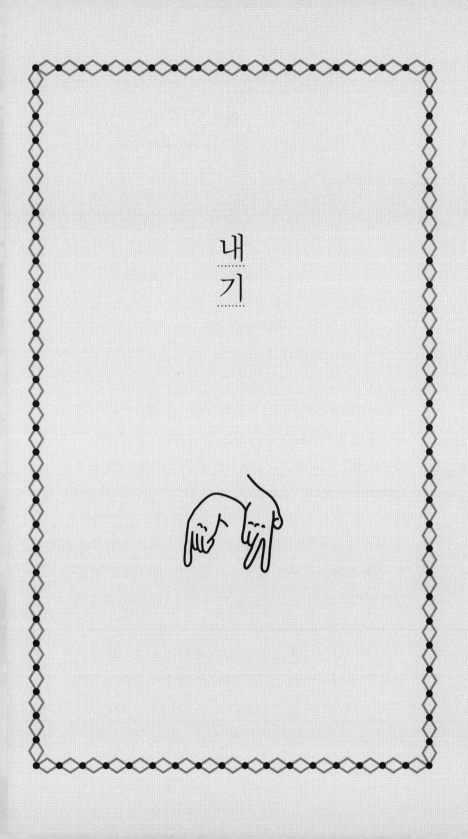

내
기

＊

　아빠와 자주 했던 내기가 있다. 어떤 단어를 정해 두고 그 단어를 먼저 말하는 사람이 지는 것이 내기의 규칙이었다. 그러니까 내기의 이름은 '말하지 않기'쯤이 될까. 내기 기한은 없다. 몇 시간이고 며칠이고 또는 한 달이 지나도록 계속되는 경우도 있었다. '엄마'라는 단어로 내기를 했을 때는 10분 만에 나의 승리로 끝났다. 공교롭게도 할머니에게서 전화가 왔기 때문이었다. 아빠는 할머니를 아직도 '엄마'라고 부른다. 아빠는 내기 중이라는 것을 잘 잊어버리곤 했다. 그래서 내기의 승자는 대부분 나였다.

　이겨도 그만, 져도 그만이었지만, 한때 내기에 열중한 적이 있다. 오래전 이야기다. 지금 우리는 새로운 내기를 시작했다.

이번 내기에는 기간을 정했다. 내기의 기한은 하루다.

"좀 쉬었다 갈까?"

산 정상에 오르자 아빠가 내게 물었다. 내가 대답하기도 전에 아빠는 털썩 풀밭 위에 주저앉았다. 산이라고 해야 야트막한 언덕 정도였다. 경사가 가파르지 않아 별로 힘든 줄 몰랐는데 아빠는 가쁜 숨을 몰아쉬고 있었다. 종일 사무실에만 앉아 있다 보면 이 정도 오르막길도 힘겨워지는 모양이었다.

나도 아빠 옆에 앉아 눈 아래 펼쳐진 풍경을 바라보았다. 주위로는 아이가 쌓아 놓은 모래성 같은 구릉들이 이어져 있었다. 초록 들판과 푸른 바다가 한눈에 내려다보였다. 초록색과 파란색이 만나는 곳에 하얀 줄 같은 파도가 경계를 그리고 있었다. 경계 너머로는 오직 푸른 바다와 하늘뿐이었다. 섬에 왔다는 게 비로소 실감이 났다.

아빠가 배낭에서 물병을 꺼내 물을 마셨다. 나는 내 배낭 주머니에서 초콜릿을 꺼내 한 조각 잘라 아빠에게 내밀었다. 아침을 든든히 먹었지만 조금 허기가 느껴졌다. 아직 점심을 먹기에는 이른 시간이었지만 배가 고플 만도 했다. 걷기 시작한 지 두 시간이 지났다.

"어어, 나는 별로."

아빠는 초콜릿을 사양했다.

"아니, 하나 먹어 볼까?"

금방 마음을 바꾸고 아빠가 내 손에서 초콜릿을 집어 들었다. 아빠가 어어, 하나 더 줘 봐, 하기 전에 남은 초콜릿 조각을 내 입에 털어 넣었을 때였다.

"어엇! 저, 저기!"

나는 펄쩍 뛰듯이 일어났다. 산비탈 아래에서 난데없이 말이 나타났다. 하얀 갈기가 난 갈색 말이었다. 푸르르, 푸르르, 말이 소리를 내며 아빠와 내 쪽으로 거침없이 다가왔다. 아니, 한 마리가 아니었다. 갑자기 십여 마리도 넘는 말 떼가 나타났다. 나는 말들을 피해 뒷걸음쳤다. 하지만 말 떼는 내게 신경 쓰지 않고 느긋하게 풀을 뜯으며 비탈길을 올라왔다.

"말 처음 보냐?"

아빠가 태평스럽게 물었다.

처음이었다, 이렇게 가까이서 말을 본 건. 그리고 이렇게 많은 수의 말을 본 것도 처음이었다.

"똥 싼다."

바보 같은 목소리가 내 입에서 흘러나왔다. 우리를 거들떠 보지도 않고 말들은 쉬익쉭 콧김을 내쉬며 똥을 싸고 또 부지런히 풀을 뜯었다.

"여기는 개보다 말이 더 흔하거든."

아빠는 대수롭지 않은 투로 말했지만 점점 다가오는 말들을 보자 나처럼 황급히 자리를 털고 일어났다. 아빠가 비워 준 자리를 말 한 마리가 기다렸다는 듯 차지하고 풀을 뜯었다. 처음 나타났던, 갈기가 새하얀 말이었다. 다리는 짧은 편이고 목덜미가 단단해 보였다. 내가 생각하던 늘씬한 말과는 좀 달랐지만, 그래서인지 만만해 보이는 구석이 있었다. 내리깐 눈에 눈썹이 기다랗게 나 있었다. 사람을 겁내 하는 구석도, 위협하려는 기색도 전혀 없어서, 놀랐던 것이 무안해질 정도였다.

"어, 저거 귀엽다."

아빠가 무리 뒤쪽에 있는 하얀 망아지를 가리키며 말했다.

"진짜 작다. 얼마나 지나야 어른 말이 되지?"

내가 물었다.

"글쎄."

아빠가 고개를 갸웃하더니 덧붙였다.

"사람만큼은 아닐 거야."

한참 동안 말을 구경하다가 아빠와 나는 천천히 걸음을 옮겼다.

언덕은 이내 숲으로 이어졌다. 대낮인데도 숲 속은 어둑어둑했다. 울창한 나무 사이로 가는 햇살이 스며들어 반딧불처럼 떠돌았다. 고사리처럼 생긴 식물이 넓게 잎을 펼치고 이끼가 융단처럼 깔려 있었다. 나뭇가지 아래로 젖은 양말처럼 축축 늘어진 덩굴을 헤치며 아빠는 몇 발짝 앞서 걸어 나갔다. 숲속은 조용했고, 이따금 발아래에서 잔가지 밟히는 소리만 났다. 움직이고 있는 것은 아빠와 나 둘뿐이었다. 아빠는 숲에 들어선 이후로 말이 없다. 오늘 내기는 승부가 나지 않을지도 모르겠다.

내기를 처음 시작한 건 엄마였다.

엄마는 교정하는 일을 했다. 그게 뭐냐고, 어렸을 때 물어본 적이 있다. 한참 콧등에 주름을 잡고 있던 엄마는 정원을 가꾸는 거랑 비슷한 일이라고 했다. 그 정원이란 멀리서 보면 아름답지만 자세히 들여다보면 뽑아야 할 잡초도 많고, 골라내야 할 돌멩이도 널린 성가신 곳이다. 그래서 정원을 가꾸는 사람이 필요한 것이다. 성마르게 자라난 가지는 고르게 자르고 시든 꽃에 물을 주고 어울리지 않게 놓인 돌은 자리를 옮겨 주는 등, 정원사가 해야 할 일은 많았다. 그대로 두면 잡초가 뿌리를 넓혀 잔디는 거칠어지고, 서로의 양분과 물을 독차지하려는 식물들 때문에 정원은 전체적인 조화를 잃기 때문이다.

엄마는 매일 붉은색 펜을 들고 식탁에 앉아 잡초를 뽑고 돌을 골라내는 일에 열중했다. 하지만 엄마는 정원은커녕 베란다에 있는 화분 하나 제대로 관리하지 못하는 사람이었다.

뜻이 모호한 단어는 정확한 의미의 단어로 대체하고, 너무 도드라진 문장은 그 자체가 아무리 아름답다 해도 매끄럽게 다듬어 전체적인 균형을 맞추는 것이 엄마가 하는 일이라는 걸 안 것은 한참 뒤의 일이었다. 한 사람의 생각이 다른 사람에게 잘 전달될 수 있도록 만드는 것이 엄마가 하는 교정이라는 일이었다. 엄마의 손을 거쳐서 나온 책에 엄마 이름은

78

없었다. 잡초를 뽑거나 돌멩이를 골라내는 일은 표가 안 나는 일이었던 것이다. 엄마는 집안일 역시 아무리 해도 표 안 나는 일이라고 투덜거리곤 했다. 하지만 안 하면 또 바로 표 나는 일이 집안일이라고도 했다. 집안일에는 나를 키우는 것까지 포함된 듯하다.

내기가 처음 시작된 건 내가 어디서 주워듣고 내뱉기 시작한 단어들 때문이었다. 이를테면 유치원에서 배워 온 '바보, 멍청이, 똥개 새끼' 같은 단어 말이다. 선생님에게 배운 반듯한 단어들보다 친구들에게 배운 이런 단어들이 내 기억에 확실히 남았고 재미있기도 했다. 내 입에서 나온 단어들은 오랫동안 혼돈의 정원에서 잡초를 뽑고 돌멩이를 골라내던 엄마를 질색하게 만들었다.

엄마는 야단보다 효과적인 교정 방법을 생각해 낸 끝에 '내기'를 떠올렸다. 엄마가 금지한 말들을 하루 동안 참으면 내가 내기에서 이기는 거였다. 내기에 진 사람은 이긴 사람의 소원을 들어줘야 했다. 하루 동안 내기를 해서 이긴 대가로 나는 아이스크림이나 '텔레비전 한 시간 시청권' 따위를 상으로 받았다. 한 달을 참으면 놀이공원이었다. 하지만 내가 상으로 받은 건 아이스크림이 전부였다. 바보, 멍청이, 똥개 새끼를 참고 말하지 않는 건 생각보다 쉽지 않았다.

엄마와의 내기는 내가 초등학교에 입학하고 나서 흐지부지 끝났다. 학교에서 획득한 단어들은 유치원 때와는 견줄 수 없을 만큼 굉장했지만, 나는 그 단어들을 엄마 앞에서 참는 법 또한 터득했다.

엄마와 내기하는 게 재미있어 보였는지 아빠도 종종 내기를 하자고 했다. 아빠와의 내기에서 금지어는 욕설이 아니었다. '밥 줘', '리모컨', '진짜야', '그랬나?', '깜빡했네', '이따가 한다니까' 등등이 내기로 건 단어였다. 아빠는 거의 백전백패였다. 아빠가 유일하게 이긴 단어는 '싫어'였다. 그 무렵 나는 싫었던 일이 많았나 보다.

아빠와 마지막 내기를 한 건 아주 오래전이었다. 어젯밤 아빠가 내기를 제안했을 때 나는 깜짝 놀랐다. 내기를 까맣게 잊고 있었던 것이다.

어둑한 숲속에서 가끔 새 우는 소리가 났다. 부우부, 구구, 호오호오, 쏘오옥쏘옥. 꼭 어린애가 장난으로 내는 소리처럼 들렸다.

"너 어릴 때 처음 한 말이 쏘올이었어."

바닥에 쓰러져 있는 나뭇등걸을 먼저 건넌 아빠가 내게 손을 내밀며 말했다.

"쏠?"

아빠 도움 없이 나뭇등걸에서 뛰어내리며 내가 물었다.

"아니, 쏘올. 네 엄마는 '엄마'라는 말을 처음 했다고 우기지만 말이야. 그것도 엄마가 아니라 맘마였는데, 우기는 데에 장사 있냐. 하지만 쏘올이 분명해. 네가 맨 처음 한 말은."

"쏘올? 그게 뭐야?"

"나야 모르지. 네가 한 말이라니까."

"그게 말이야? 그냥 나온 소리 아니야? 하품이나 딸꾹질처럼."

"자꾸 반복했어. 뒤를 높이 올려서 쏘올, 쏘올, 했어. 꼭 노래처럼 들리더라."

"노래?"

"응, 노래 같았어."

"아빠, 그런데 이 길이 맞아?"

"흠."

길을 잃은 건지도 모르겠다.

"어디로든 통하겠지. 그러니까 길 아니야?"

별 도움 되지 않는 말로 아빠는 나를 더 불안하게 만들었다. 아침에 숙소에서 받아 온 지도가 배낭 주머니에 있었지만, 꺼내 봐야 별 소용이 없을 것 같았다. 우리는 지도에 그려진 길에서 벗어난 지 오래되었기 때문이다. 저쪽이 왠지 아름다울 것 같아, 라는 아빠의 말 때문이었다. 왠지 아름다운 길을 따라 걷느라 세 시간 넘도록 사람 하나 없는 외진 곳만 지나게 된 거다. 아무리 섬이라지만 이렇게 사람이 없다니 놀라웠다. 게다가 이토록 울창한 숲이라니, 도무지 현실감이 없다. 영화 속에서나 보던 숲이었다. 나무는 하늘을 온통 가리고 음침하게 그늘진 숲 깊숙한 곳에서 당장에라도 뭐가 튀어나올 것만 같았다.

문득 이상한 기분에 휩싸였다. 아빠와 내가 접어든 길은 다른 차원으로 들어가는 관문이 아니었을까. 그렇다고 해도 별 수 없었다. 아빠 말대로 숲인지 다른 세상인지가 끝나고 어디론가 통할 때까지 걸을 수밖에 없다.

"그런데 의미가 있는 말일지도 모른다고 생각했어."

한참 걷다가 아빠가 불쑥 말을 꺼냈다.

"응?"

"쏘올, 말이야."

"아직 그거 생각하고 있었던 거야?"

하긴, 연한 초록, 진한 초록, 어두컴컴한 초록만 계속 보다 보니 나도 이런저런 생각이 불쑥불쑥 떠오르긴 했다.

"갑자기 생각나니까 궁금해져서. 아기들이 옹알대는 게 실은 태어나기 전에 있었던 일을 기억하고 있다가 그걸 이야기하는 소리래."

"진짜?"

"너도 온종일 옹알거렸어."

"뭐라고 했는데?"

"모르지. 외계 언어 같기도 하고. 생긴 걸 보면 외계인이 틀림없다는 생각도 들더라만."

"흥."

"가만 듣다 보니 애가 전생에 미국 사람이었나 싶기도 하더

라. 영어를 하는 것 같더란 말이지."

"영어?"

"그래, 소울. 에스, 오, 유, 엘."

아빠가 노래라도 하듯 끝을 높고 길게 빼며 말했다.

"소울? 영혼?"

"어."

"나, 천재였네."

"어어, 발밑 조심해라."

하마터면 미끄러질 뻔했다. 아빠가 잡아 준 덕에 가까스로 중심을 잡고 섰다. 사방이 진흙투성이라 발을 잘못 디뎠다가는 나동그라지기 십상이었다.

"아빠 기뻤겠네. 천재가 태어나서."

"뭐, 그렇다기보다."

"그럼?"

"놀랐지. 병원에서 처음 내 아들이라고 보여 주는데 외계인을 닮아서."

"헐."

"좀 신기하긴 하더라. 갑자기 내 애가 생기다니 얼떨떨하기도 하고. 콩이나 사과나무를 심었다면 물도 주고 김도 매 주며 쑥쑥 크는 걸 보기라도 해서 실감이 날 텐데. 이건 뭐 느닷없이 생겨나고 보니까. 엄청 조그만 게 꼬물거리는 것도 신기하고. 똥 싸는 것도, 트림하는 것도, 우는 것도, 웃는 것도, 하

나하나가 다 신기했지. 처음엔 다 그렇지, 뭐. 어, 저기 길 나
왔다."

숲이 끝났다. 아직 아무도 금지어는 말하지 않았다.

도로를 따라 걷기 시작한 지 한참이 지났다. 바로 옆으로
자동차가 빠르게 지나쳐 갔다. 최대한 갓길로 붙어 걸었지만
아슬아슬한 순간도 있었다. 길 아래로는 밭이 펼쳐져 있고 멀
리 이어진 바닷가로 작은 마을이 보였다. 마을에 드물게나마
사람이 보였다. 뒤돌아보니 아빠가 먼바다로 시선을 둔 채 따
라오고 있었다.

고개를 돌리다가 발견한 것에 놀라 나는 그 자리에 얼음처
럼 굳어 버렸다. 아빠가 왜 그러느냐고 물었다.

"저기……."

위험했다. 금지어가 튀어나올 뻔했다.

나는 말 대신 손가락으로 길을 가리켰다. 아빠가 길 가운데
를 유심히 바라보았다. 고양이가 있었다. 아니, 고양이라고 불
러야 할지 모를 것이었다. 고양이의 형체를 한 흔적에 가까웠
다. 마분지처럼 납작하게 짜부라진 고양이였다. 길을 건너다
차에 치인 모양이었다. 이상하게도 피를 흘린 흔적도, 상처도
없이 깨끗했다. 그림책에서 가위로 곱게 오려 낸 것처럼 완벽
하게 형체를 갖춘 고양이였다. 고개를 돌리려 해도 자꾸 눈이
갔다. 눈을 뗄 수 없는 이유는 또 있었다. 고양이는 두 마리였
다. 아빠는 뭐라 말하려다가 말없이 고개만 끄덕였다. 아빠는

내기를 잊어버리지 않은 것 같다.

　도로를 벗어나 바닷가 마을 쪽으로 걸었다. 다시 아빠와 나란히 걷게 되었다.

　"함께 길을 건너다 그렇게 된 걸까?"

　내가 물었다.

　"뭐가? 아아……, 아까 그 고양이?"

　길 위의 장면을 떠올렸는지 아빠 입가가 잠시 굳어졌다.

　"그럴 수도 있고. 먼저 건너간 고양이가 차에 치인 걸 보고 달려갔다가 사고가 난 걸 수도 있고."

　"무슨 사이였을까? 어미랑 새끼 고양이? 아니면 형제나 부부?"

　"글쎄. 아빠랑 새끼 고양이일 수도 있고."

　"부성애가 있는 동물은 별로 없댔어."

　"그래? 그런 건가?"

　아빠는 뭔가 골똘히 생각하다가 갑자기 기쁜 듯이 소리쳤다.

　"아니야, 너. 〈라이언 킹〉 있잖아!"

　"그건 만화 영화지. 수사자는 새끼를 낳으면 무리에서 쫓겨나 평생 혼자 살아. 옛날에 다큐멘터리에서 봤어. 수사자는 암사자가 허락해야만 무리에 들어갈 수 있대."

　"어어, 진짜? 아버지의 운명이란……."

　아빠는 쯧쯧, 혀까지 찼다.

　"아빠도 차로 친 적 있어? 강아지나 고양이 같은 거?"

잠시 기억을 더듬던 아빠가 말했다.

"그런 적은 없는 것 같아. 그런데 막……."

아빠가 말을 뚝 멈췄다. 그러고는 단어를 고르는 듯하다가 입을 열었다.

"막 차에 치인 것을 밟아 본 적은 있는 것 같아."

"느낌이 어땠어?"

"그게, 물컹하다고 해야 하나, 섬뜩하다고 해야 하나? 되게 찜찜한 느낌이 들더라."

상상해 보자 나도 모르게 가볍게 몸서리가 쳐졌다. 그러고 나서는 어떻게 되는 걸까. 밟고 지나가고 또 밟고 지나가서 아주 납작해지고 형체를 알아볼 수 없을 정도가 된 다음에는 어떻게 되는 걸까. 하나하나 바스라져서 흩날리고 떠다니다 사라지는 걸까. 내가 들이마시는 이 공기 중에도 그 흔적들이 날아다니고 있을지 모른다는 생각이 들자 기분이 묘해졌다.

걸으면서 배낭 주머니에서 물통을 찾아 꺼냈다. 물을 한 모금 마시고 아빠에게 내미니 아빠는 아빠 배낭에서 물통을 꺼냈다. 멈춰 서서 물을 마시며 바다 쪽을 바라보았다. 모자를 벗고 손등으로 이마의 땀을 닦았다. 아빠가 목에 두른 손수건을 풀어 내게 내밀었다. 얼굴을 닦으니 손수건에서 희미하게 냄새가 났다. 엄마가 늘 쓰는 세제 냄새와 아빠의 스킨 냄새. 손수건을 돌려주자 아빠도 모자를 벗고 이마의 땀을 닦았다. 줄곧 모자를 눌러쓰고 있어서 아빠의 머리 모양이 괴상했다.

아마 나도 별다르지 않으리라.

한번은 아빠를 따라 이발소에 간 적이 있었다. 그전에는 늘 집 근처 미용실에 갔었다. 우리 학교 애들이 많이 다니는 곳이라 나도 스스럼없이 다녔다. 학생 할인도 해 줬고 솜씨도 나쁘지 않은 편이었다. 이발소로 갈 이유가 하나도 없었다. 그런데 어느 일요일, 아빠가 이발소에 간다면서 나에게 같이 가겠느냐고 물었다. 아빠가 이발소에 같이 가자고 한 건 처음이었다.

아빠는 그즈음 회사 일이 바빠 얼굴 보기도 힘들었다. 내기는커녕 대화를 나눈 지도 오래였다. 아빠가 손님처럼 느껴질 정도였으니까. 아빠랑 같이 있는 게 아직 숨 막힐 정도는 아니었지만 이제 곧 그렇게 되리라는 것을 나는 희미하게 느꼈다. 그게 보통의 아빠와 아들 관계일 거다. 둘이 함께 풍선을 껴안고 있는 거랑 비슷하다. 풍선이 점점 더 부풀어 사이가 벌어지다가 결국에는 손쓸 수 없을 만큼 멀어지고 마는 거다. 늙어 가는 아빠와 커 가는 아들은 그렇게 서먹해지는 게 자연스러운 듯했다.

내 머리는 한 주 정도 더 있다 잘라도 될 것 같았지만 나는 그러마고 아빠를 따라나섰다. 그게 어쩐지 한 단계를 넘는 일처럼 느껴졌다. 게임으로 치면 클리어 하고 다음 단계로 넘어가는 것처럼. 이유는 모르겠다. 그냥 그런 느낌이 들었다.

이발소에 손님은 별로 없었지만 이발사가 한 명뿐이라 조금 기다려야 했다. 우리 앞 손님은 둘 다 머리가 희끗한 노인이었는데 쌍둥이처럼 닮아 보였다. 노인들처럼 아빠는 텔레비전 화면을 멀거니 바라보며 차례를 기다렸다. 나는 휴대폰으로 게임을 했다. 한참 지난 뒤 내가 먼저 이발사 앞에 앉았다. 나는 조금만 다듬어 달라고 했고, 뒤쪽 소파에 앉아 있던 아빠는 예쁘게 잘라 달라고 소리 높여 부탁했다. 이발사 아저씨는 고개를 끄덕이며 가위질을 시작했다. 이발을 끝내고 보니 아빠와 내가 했던 주문은 쓸데없는 것이었음을 깨달았다. 그 이발사가 할 줄 아는 머리 모양은 딱 하나였다. 짧고, 짧고, 짧은 스타일. 아빠와 나는 똑같은 머리 모양을 하고서 집으로 돌아왔다.

현관에 들어서는 나를 보고 엄마가 허리를 잡고 웃었다. 못난이 됐네, 라며 엄마는 내 머리를 헝클어뜨렸다. 현관 신발장에 붙어 있는 거울에 아빠와 내 모습이 나란히 비쳤다. 닮았다는 생각이 문득 들었다. 나는 어릴 때부터 줄곧 엄마 닮았다는 소리를 들어 왔다. 아빠와 닮았다고 느낀 건 처음이었다. 아빠가 거울 속에서 나를 향해 씩 웃었다. 나는 별로 웃고 싶지 않았다. 그 뒤로 다시는 이발소에 가지 않았다. 그러고 보니 아빠와 함께 갔던 이발소는 이제 없어진 것 같다. 아빠는 어디로 머리를 자르러 가는 걸까. 아빠의 머리카락이 가볍게 나풀댔다.

나는 바람이 불어오는 쪽으로 고개를 돌렸다. 바람이 시작되는 곳이 금가루를 뿌려 놓은 듯 반짝거리고 있었다. 다시 바람이 불어왔다. 바다 냄새를 품은 바람은 미지근하고 축축했다. 하늘과 하얗게 경계를 이룬 수면 위로 구름이 가득 피어오르고 있었다. 물기를 가득 머금어 무거워 보이는 구름이었다. 해가 높이 떠 주위는 환했지만 구름 모양이 심상치 않았다.

"비 올까?"

내가 물었다.

"중부 지방에는 밤에 잠깐 흩뿌리지만 여기는 비 온다는 얘기 없었는데. 바다가 출렁출렁한다고는 하더라."

아빠가 한 손으로 물결 치는 듯한 동작을 만들어 보였다. 어린애가 시냇물은 졸졸졸졸, 노래하면서 하는 율동 같았다.

"그게 뭐야?"

"아까 아침에 일기 예보 봤거든. 거기에서 이러더라."

아빠는 다시 손으로 물결을 만들어 보였다. 아침에 숙소에서 내가 씻는 동안 아빠는 텔레비전을 보고 있었다.

"기상 캐스터가 그랬단 말이야?"

"아니, 수화 통역사."

"그게 뭔데?"

"뉴스 할 때 화면 귀퉁이에 나오는 수화 방송. 몰라?"

본 기억이 났다. 나는 고개를 끄덕였다.

"기상 캐스터가 '먼바다에서 파도가 일겠습니다' 그러니까 수화 통역사가 이러더라고."

아빠는 다시 손으로 파도가 일렁이는 모양을 해 보였다.

"딱 보니까 무슨 뜻인 줄 알겠더라. 출렁출렁, 바로 느낌이 오는 거야."

"그야 아빠는 귀로 들으면서 봤으니까."

"그런가? 그런데 보다 보니까 기분이 무지 좋아지더라고. 물살이 저렇게 출렁거리는구나, 그런 생각이 들고."

아빠 눈이 가느스름해졌다. 그러더니 아빠가 말을 이었다.

"햇볕이 쨍쨍하겠습니다, 그런 건 수화로 어떻게 말하는지 궁금해지더라. 태풍이 몰아치겠습니다, 그런 건 수화로 어떻게 표현할까?"

"이렇게 하지 않을까?"

나는 두 팔을 위로 뻗고 바람에 흔들리는 나뭇가지처럼 온몸을 흔들어 댔다. 아빠가 소리를 내서 웃었다.

아빠와 나는 나무 그늘을 찾아 앉았다. 바닷가 야자수 그늘 아래. 점심을 먹기에 더할 나위 없는 장소였다. 메뉴는 숙소 옆 편의점에서 산 삼각김밥이다. 물을 사면서 간식으로 먹을 요량으로 몇 개 집어 들었는데 점심으로 먹게 되었다. 아빠가 전복뚝배기를 고집하며 이따금 보이던 식당을 다 지나쳤기 때문이다. 전복 대신 삼각김밥이라니, 하며 아빠는 허탈한 표정을 지었지만 찬밥 더운밥 가릴 때가 아니었다. 나는 김밥 포장지라도 씹어 먹을 지경이었다. 아빠는 내 예상과 달리 능숙하게 삼각김밥 포장을 벗겨 냈다. 아빠도 삼각김밥 같은 걸 먹어 봤구나, 생각하며 한 입 베어 물었다.

"네 거 무슨 맛이야?"

아빠가 물었다.

"김치볶음밥 맛. 아빠는?"

"불고기. 너 아직도 볶음밥 좋아하는구나?"

"내가? 내가 볶음밥 좋아해? 몰랐네."

"옛날에 내가 볶음밥 만들어 줬던 거 기억 안 나?"

"응? 아아, 그때?"

"프라이팬 바닥까지 싹싹 긁었던 것 같은데."

"배가 고팠어. 엄청."

초등학교 2학년인가 3학년 때인 것 같다. 학교 끝나고 태권도와 피아노 학원에 갔다 집에 돌아왔더니 엄마가 없었다. 과자를 먹으며 텔레비전을 보다가 잠이 들었다. 깨어나 보니 집 안은 어두웠고 나는 여전히 혼자였다. 한참을 어둠 속에서 멍하니 앉아 있는데, 그때 아빠가 들어와 불을 켰다. 엄마는 일 때문에 늦게 온다고 아빠가 말한 순간 이상하게 눈물이 났다. 가슴 한쪽에서 누가 눈물을 퍼내는 듯한 기분이었다. 지금 생각해 보면 그때 막연하게 어떤 예감이 들었던 것 같다. 우는 나를 보고 아빠는 달래지도 못하고 쩔쩔매기만 했다. 나는 울면서 배가 고프다고 했다. 아빠는 부엌에서 우왕좌왕하더니 프라이팬에 밥을 볶기 시작했다. 맛이 어땠는지는 기억나지 않는다. 숟가락질을 멈추면 또 눈물이 날 것 같아서 밥이 다 없어질 때까지 먹기만 했다. 엄마는 그날 집에 돌아오지 않았다.

이튿날 학교가 파하고 집에 돌아오니 할머니가 와 있었다. 엄마는 아파서 병원에 입원했다고 할머니가 말했다. 엄마를 보러 할머니와 함께 병원에 갔다. 내 예상과 달리 엄마는 깁스도 붕대도 하지 않고 있었다. 누워 있던 엄마가 나를 보고 일어나 가만히 안아 주었다. 엄마가 입원해 있던 기간은 내게 평생처럼 느껴졌지만 실제로는 기껏해야 며칠이었다. 집에 돌아오면 엄마가 문을 열어 주는 일상으로 되돌아갔다. 아빠가 볶음밥을 해 줬던 건 그때, 단 한 번뿐이었다.

"집 앞 중국집이 볶음밥 잘해."

"어, 그 집 군만두도 맛있지."

"그러게. 시키면 간단할걸. 아빠, 요리 못하잖아. 왜 볶음밥 만들 생각을 한 거야?"

"일단 볶으면 될 것 같았고."

물병 뚜껑을 돌리며 아빠가 덧붙였다.

"그래야 될 것 같았어. 뭐든 만들어 먹여야 할 것 같았거든."

"그때 엄마, 어디 아팠던 거야?"

나는 문득 궁금해져서 물었다.

"넌, 몰랐었나?"

아빠가 물병을 입에 대고 길게 물을 마셨다. 나는 삼각김밥

하나를 더 해치우기 시작했다.

"동생이 생겼을 수도 있었는데."

아빠의 말에 채 씹지도 못한 밥이 꿀떡 넘어갔다. 병원 침대에 누워 있던 엄마 얼굴이 떠올랐다. 너무 통통 부어서 다른 사람처럼 낯설었던 기억이 났다.

"그럼 그때?"

아빠가 말없이 내 얼굴을 바라보다 낮은 목소리로 말했다.

"누구 잘못도 아니야. 자연적으로 그렇게 된 거니까. 다만 짧게 왔다가 간 것뿐이지."

"……."

한참 뒤에 아빠가 말했다.

"하지만 기뻤다. 짧았지만 무지 기뻤어. 네가 생겼을 때만큼."

아빠는 물병을 손에 쥔 채 바다만 멀거니 바라봤다. 바닷가에는 아무도 없었다. 해수욕을 하기에는 철이 일렀다.

처음으로 바닷가에 놀러 갔던 때가 생각났다. 아빠와 나는 둘 다 엄마가 새로 사 준 감색 수영 팬티를 입고 있었다. 엄마가 튜브를 쥐여 주며 물속에 들어가 놀라고 해도 나는 망설이기만 했다. 수영장에 다닌 적은 있지만 바다는 수영장과는 규모가 달랐다. 너무 크고 너무 파래서 무서웠다. 아빠가 나를 안고 바다로 들어갔다. 일단 물속에 들어가니 내 세상이 되었다. 단 하나, 내가 한사코 마다한 것은 해변에서 샌들을 벗는 거였다. 모래알이 발가락 사이에 끼는 게 영 싫었다. 그래서 샌들은 물속으로 들어가기 전에 바닷가에 벗어 두었다. 그런데 물에서 한참 놀다 나와 보니 샌들이 사라지고 없었다. 살금살금 밀려온 물이 내 샌들을 삼켜서 바다 어딘가로 떠내려 보낸 것이었다. 아빠는 나를 업고 그날 온종일 텐트와 해변 사이를 몇 번이나 왕복했다.

"저기까지 헤엄쳐 갈 수 있을 것 같아?"

아빠가 수평선을 가리키며 물었다.

"할 수 있지 않을까? 쥐 같은 것만 나지 않는다면."

"야옹, 야옹. 쥐 나면 고양이 소리를 내라고."

"헐."

아빠가 씩 웃더니 말했다.

"나는 수영, 잘 안 되더라."

"배우면 돼. 나도 수영 교실 다녔잖아."

"배워 봤어."

아빠는 수영을 못한다. 수영을 배운 적이 있었다는 건 처음 알았다.

"뜨는 것까지는 어찌어찌 됐는데, 호흡을 하면서 팔다리를 같이 움직여야 하는 게 영 이해가 안 되더라고."

"수영이 이해하면서 하는 건가? 그냥 몸으로 하는 거지. 수영, 언제 배웠는데?"

"너 세 살 땐가 네 살 때. 갑자기 배워야겠다는 생각이 들더

94

라."

"왜?"

"얘가 물에 빠지면 누가 구해 주나, 그런 생각이 들었어. 그런데 네가 수영 교실 가서 나보다 먼저 수영 배워 오더라. 아, 난 배울 필요 없겠구나 하고 한시름 놨지. 더 먹어."

아빠는 남은 삼각김밥을 내게 내밀었다. 아빠는 한 개 먹고 그만이었다. 사양하지 않고 받아 들었다. 앞으로 열 개도 더 먹을 수 있을 것 같았다.

"구해 줄게."

김밥을 베어 물고 우물거리며 말했다.

"응?"

"아빠가 물에 빠지면 내가 구해 줄게."

"당연하지."

아빠가 씩 웃으며 말했다.

반짝거리던 바다는 광채를 잃고 흐릿해지고 있었다. 출렁출렁, 바다가 수화 통역사의 손짓처럼 일렁였다. 구름은 더욱 넓어지고 가운데부터 시작된 먹색이 가장자리까지 서서히 퍼져나갔다. 사방이 갑자기 어둑해졌다. 걷는 것은 이제 끝내야 할지도 모른다. 아직 내기는 끝나지 않았다. 아빠는 우리가 내기 중이라는 걸 잊지 않고 있을까.

그때 해변 쪽으로 누가 달려 나왔다. 러닝셔츠를 입은 남자였다. 드러난 어깨와 팔이 햇볕에 그을려 까맸다. 남자는 해변에 펼쳐 놓은 그물을 서둘러 걷기 시작했다. 곧이어 또 누가 해변으로 달려왔다. 내 또래쯤 되어 보이는 남자애였다. 남자아이의 팔과 다리도 먼저 달려 나온 남자처럼 까무잡잡했다. 그들은 그물 양쪽 끝을 잡고 서로 마주 보며 다가갔다. 착착. 수없이 해 본 것처럼 능숙하게 그물을 접어서 양 끝을 잡고 함께 달려 해변을 떠났다.

"나는……, 나는 말이다. 나도 어부라면 좋겠다."

무슨 소리인가 해서 고개를 돌려 아빠를 바라봤다. 아빠는 남자와 아이가 떠난 쪽을 보고 있었다.

"어부가 되고 싶다고?"

아빠는 고개를 젓더니 가만히 미소 지었다.

"이를테면 말이야. 내가 만약 어부였다면 적어도 하나만큼은 네게 확실하게 가르쳐 줄 수 있었겠지. 고기 잡는 법 같은 거 말이야. 아, 그물 꿰는 방법이나 회 뜨는 법도 가르쳐 줄 수 있었겠다. 어부가 아니라 목수였어도 좋을 것 같아. 나무로 별거 별거 다 만들 수 있으니까. 의자 만드는 법을 가르쳐 주면 넌 나중에 테이블도 만들고, 침대도 만들고, 그럼 좋겠지. 만두 장사를 했다면 만두 만드는 방법을 가르쳐 줄 수도 있었을 텐데. 난 뭐, 가르쳐 줄 수 있는 게 아무것도 없네."

"누가 그런 거 배우고 싶대?"

"싫으냐? 그러면 기타 같은 거라도. 기타라도 칠 줄 안다면 너에게 가르쳐 이중주라도 해 볼 텐데. 수영도, 축구도, 야구도, 나는 할 줄 아는 게 없어. 아, 깡패도 괜찮네. 싸움 같은 걸 잘했다면 차라리 좋았겠다 싶다. 그러면 어딜 가도 두들겨 맞지 않게 가르쳐 줬을 텐데."

그런 소리는 하지 말라고 하고 싶었다.

"뭘 자꾸 가르치려고 하는 거야?"

"그러게. 이제 와서……."

김밥이 목에 걸렸다. 캑캑, 소리를 내며 내가 주먹으로 가슴을 치자 아빠가 새 물병 뚜껑을 따서 내밀었다. 물을 들이켜다 이번에는 사레가 걸려 물을 내뿜고 말았다. 아빠가 어쩔 줄 모르는 얼굴로 바라보았다. 그렇게 바라보지 말았으면 좋겠다. 그런 눈빛으로 보니 견딜 수가 없다. 어릴 때처럼 가슴 한구석에서 누가 물을 퍼내는 것 같다.

"뭘 꼭 만들고 싶었다면……, 만든 게 아주 없지는 않지."

나는 고개를 숙여 아빠 눈을 피하며 말했다.

"뭔데?"

"나. 아빠는 날 만들었잖아."

"그게 변변치 않아서."

"죄송해요. 하지만 그건 만든 사람 책임이라……."

고개를 숙이고 있어서 볼 수는 없었지만 아빠가 웃음 짓고 있는 게 느껴졌다.

벌레 한 마리가 모래 위를 기어가고 있었다. 자세히 보니 벌레는 바짝 말라 있고 개미 떼가 열심히 운반하는 중이었다.

나는 물병을 기울여 개미 떼 위에 물을 조금 떨어뜨렸다. 난데없는 물벼락에 개미들이 놀라서 우왕좌왕했다. 나는 물을 더 부었다. 개미 떼가 사방팔방으로 흩어졌다. 물 위에 둥둥 떠서 허우적거리는 놈도 있었다. 나는 버석하게 마른 벌레를 주워 멀리 던져 버렸다.

"그럼, 여자 친구 만드는 법이라도 가르쳐 주랴?"

어이없어서 쳐다보니 아빠가 씩 웃었다.

"그게 배운다고 되는 거야?"

"경험담이 가장 좋은 학습법 아니냐? 내가 경험은 좀 있지."

"그럼 엄마 만난 이야기나 좀 해 줘."

"그게 이야기가 좀 긴데."

"괜찮아."

"아니, 내가 시간이 없으니까."

"그렇게 긴 이야기야?"

"일단 시작해 보자. 내가 죽고 나면……."

아빠가 말을 뚝 멈췄다.

마침내 내기는 끝났다. 내가 이겼다. 아빠가 금지어를 말한 것이다.

아빠도 알아차린 게 분명하다. 하지만 아빠는 아무 일 없다는 듯이 말을 이었다.

"혹시 그러고 나면 엄마가 이어서 해 주면 되지."

"에이, 진짜……! 왜 그렇게 슬픈 말을 해? 그런 말 할 시간

있으면 이야기나 해."

"그럴까, 그럼?"

투둑. 기다렸다는 듯이 빗방울이 떨어지기 시작했다.

"가르쳐 줄 게 하나 생겼다. 아들아, 우산은 꼭 챙겨라."

아빠가 배낭을 뒤지더니 우산 두 개를 꺼내 나에게 하나를
내밀었다.

"내기의 소원은?"

아빠가 우산을 펼치며 느긋하게 물었다. 아빠는 역시 잊지
않고 있었다. 어쩌면 아빠는 처음부터 내기에 이길 생각이 없
었는지도 모른다. 언제나 그랬던 것처럼. 아빠는 내 소원을 들
어주기 위해 내기를 하곤 했다.

우산을 펼쳐 들었다. 나무 아래로는 아직 빗방울이 떨어지
지 않았지만 나는 우산을 숙여 얼굴을 가렸다.

쏴아아. 바다 표면 위로 빗줄기가 쏟아졌다. 해수면을 때린
빗줄기는 이내 바다가 되어 일렁였다. 비에 젖은 모래에서 아
지랑이 같은 수증기가 피어올랐다. 눈앞이 부옇게 흐려진다.
내 소원을 소리 내지 않고 말한다.

죽지 마, 아빠.

섬에서 돌아온 뒤 아빠는 변함없이 회사에 나갔다. 아침에
출근하고 밤이면 집에 돌아오고 주말이면 소파 위에 길게 누
워 낮잠을 잤다. 엄마는 울기도 하고 화를 내기도 했지만, 아
빠의 출근을 막을 수는 없었다. 아빠는 조금 수척해졌을 뿐,

예전과 다름없는 의연한 모습이었다. 아빠의 몸에 손을 쓸 수조차 없을 만큼 암세포가 퍼져 있다는 게 거짓말처럼 생각될 정도였다.

두 달 뒤, 아빠는 사표를 내고 입원했다. 나는 매일 오후 아빠를 만나러 병원으로 갔다. 입원한 뒤로 아빠는 상태가 급격히 나빠져서 어느 순간 의식을 잃고 나를 알아보지도 못하게 되었다. 엄마는 온종일 병상을 지켰지만 나는 변함없이 매일 학교에 갔다.

어느 날 체육 시간, 운동장 한 귀퉁이에서 불어온 바람에 모래가 날려 나는 한참 눈물을 흘렸다. 눈물에 씻겨 모래알이 빠져나갔는데도 왠지 눈물이 멈추지 않았다. 뭔지 모를 예감에 나는 울고 또 울었다. 그날 아빠는 세상을 떠났다. 아빠와 내가 섬에 다녀온 지 석 달 만의 일이었다.

나는 그 뒤로 뉴스를 볼 때면 화면 아래쪽 귀퉁이를 바라본다. 작은 원 안의 수화 통역사는 손으로 뉴스를 말하고 있다. 한번은 텔레비전 음량을 줄이고 수화 통역사의 손만 유심히 바라본 적이 있다. 수화 통역사는 비통한 표정을 지으며 한 손을 가슴에 꼭 갖다 댔다. 음량을 다시 올리고 나서 먼 나라에서 테러 사건이 일어나 수많은 사상자가 나왔다는 내용임을 알았다. 테러 사건에 대해서는 이내 잊었지만, 터져 나오는 슬픔을 어루만지듯 가슴에 꼭 대고 있던 수화 통역사의 손만은 또렷이 기억에 남았다.

남쪽 먼바다에서는 파도가 일겠습니다, 라고 기상 캐스터가
말하는 것을 들으며, 수화 통역사가 손가락으로 출렁거리는
바다를 그리는 것을 보며, 나는 아빠를 떠올리곤 한다.

페이퍼
컷

✻

옆자리에 앉은 여자가 말을 못 한다는 것을 비행기가 착륙할 때까지 알아채지 못했다. 런던 히드로 공항에 도착해서 그 일이 일어나지 않았다면 나는 끝내 그 사실을 몰랐을 것이다. 하지만 어쨌든 나는 여자가 말을 못 한다는 것을 알게 되었고, 그 때문에 그녀와 긴 대화를 나눌 수 있었다. 그것은 내가 난생처음 해 본 대화의 방식이었다.

헬싱키 공항에서 런던행 비행기에 올랐을 때, 여자는 내 좌석 옆 창가 자리에 먼저 앉아 있었다. 풍선. 여자를 본 순간 머릿속에 떠오른 생각이었다. 여자는 매우 뚱뚱했다. 체격 자체는 그리 크지 않았다. 하지만 작은 체구에 빈틈없이 살이 쩌서 잔뜩 부풀어 오른 풍선처럼 둥그스름했다. 블라우스 단추는 금방이라도 터져 나갈 것 같고 부푼 배는 거의 앞자리 등받이에 닿을 정도였다. 아니나 다를까, 잔뜩 살진 궁둥이가 내 좌석까지 넘어와 있었다.

한국에서 헬싱키까지, 열 시간 동안의 악몽이 떠올랐다. 내 옆에 앉았던 남자의 어마어마한 엉덩이가 내 좌석을 비집고 들어오고 물컹한 살이 내 옆구리에 내내 닿아 있던 불쾌함이 아직도 생생했다. 게다가 남자는 내 어깨에 머리를 기대고 자기까지 했다. 술 냄새가 지독했고 코 고는 소리는 요란했다.

여자를 보자 악몽이 다시 펼쳐질 것 같아 절로 눈살이 찌푸려졌다. 그런데 그 순간 뜨끔했다. 여자가 꼭 내 마음속을 들여다본 것처럼 미안한 얼굴을 하고서 몸을 움츠렸기 때문이다. 온몸의 살들이 다 미안해하는 것 같았다. 내가 좌석에 앉자 여자는 몸을 더욱 웅크렸다. 마치 뚱뚱한 게 큰 죄라도 되는 것처럼 여자는 자꾸자꾸 몸을 둥글게 움츠렸다. 그러다 여자가 공이 될 것 같았다. 이미 풍선과 비슷한 몸이었으니 별로 다를 것 같지는 않았다.

나는 팔짱을 낀 채 좌석 등받이에 몸을 기대고 눈을 감았다. 지칠 대로 지친 터였다. 비행기를 갈아타기 위해 공항에서 다섯 시간이나 기다렸다. 열 시간 넘는 비행만큼이나 힘겨운 시간이었다. 피로한데 긴장은 늦출 수 없고, 오직 할 수 있는 건 기다림뿐이라는 게 미칠 것만 같았다. 온몸이 두들겨 맞은 듯 아프고 쑤셨다. 비행기에 타자마자 곯아떨어질 거라고 생각했는데 이상하게 정신이 점점 더 말똥말똥해졌다.

여자의 살이 조심스럽게 내 옆구리에 닿는 것이 느껴졌다. 나는 눈을 뜨고 고개를 살짝 창 쪽으로 돌렸다. 여자의 머리가 동그란 창을 다 가리고 있었다. 여자는 열심히 창밖을 내다보고 있었다. 몸을 최대한 벽에 밀착시키기 위해 노력하고 있다는 걸 알 수 있었다. 비행기가 서서히 움직이더니 이내 떠오르기 시작했다. 여자의 턱살이 작게 부르르 떨렸다. 그게 꼭 엄마가 만드는 컵케이크처럼 보였다. 부드러운 버터크림을 섬세하게 바르고 또 덧발라 풍성하게 아이싱을 올린 컵케이크 말이다.

엄마는 종종 혼자서 해외여행을 떠났다. 출장이라고 했지만 나는 믿지 않았다. 일하러 가는데 그렇게 즐거운 얼굴을 할 리 없었다. 그럴 때마다 나는 엄마가 만든 치즈 케이크와 쿠키를 들고 이모네 집으로 갔다. 이모는 치즈 케이크를 좋아했지만 이모부는 한 입도 안 먹는 것이 좀 마음에 걸렸다. 게다가 사촌 동생 둘은 쿠키보다는 지렁이 모양 젤리를 훨씬 좋아했다. 그렇다고 엄마랑 이혼한 아빠 집으로 갈 수도 없는 노릇이었다. 아빠에게는 새로 결혼한 아내가 있고 유치원 다니는 아들도 하나 있었다.

짧으면 일주일, 길면 한 달쯤 뒤에 엄마는 돌아왔다. 갈아입을 옷 몇 벌과 세면도구 정도만 넣어 갔던 엄마의 여행 가방은 돌아올 때면 늘 터질 듯했다. 치즈와 향신료, 말린 허브, 각

106

종 소스와 병조림, 잼, 요리책과 그릇, 식탁보, 매트 등등이 가방에서 쏟아져 나왔다. 압권은 이태리 장인이 만들었다는 무쇠솥이었다. 엄마는 초과 요금을 내지 않기 위해 솥을 머리에 이고 왔다. 등에는 이미 가방을 메고 양손 가득 바리바리 짐을 들고 있었기 때문에, 머리에 이는 것 말고는 다른 방법이 없기도 했다. 이태리 장인이 만든 무쇠솥을 엄마는 곰탕 끓이는 데 쓰고 있다. 메뉴 컨설팅, 케이터링, 스타일링. 엄마 명함에 쓰여 있는 말들이다. 내가 아는 바로는 엄마는 전화 오면 가서 요리해 주는 사람이다.

영국, 프랑스, 이태리. 유럽 3개국의 시장과 레스토랑을 섭렵하는 한 달 투어. 그것은 엄마가 세운 야심 찬 여행 계획이었다. 그 계획에 나도 포함되어 있다는 사실을 안 건 여름 방학을 앞두고서였다. 당연히 신났다. 엄마와 여행 가는 게 신나서가 아니라 보충 수업에 빠질 수 있기 때문이었다.

곤란해한 건 담임뿐이었다. 한 달 동안 여행을 가야 해서 보충 수업에 나올 수 없다는 내 말에 담임은 웃었다. 엄마와 통화하고 나서야 담임은 농담이 아니라는 걸 알았다. 지 인생 지가 알아서 하는 거지, 라고 담임은 말했다. 차암, 요즘 세상에 그런 부모님도 계시는구나, 하고 덧붙이기도 했다. 길게 늘여 뺀 '차암'이 무슨 뜻인지 알았지만 엄마에게는 말하지 않았다.

2학년 가운데 보충 수업에 빠진 건 야구부원과 나밖에 없었다. 나는 반 아이들의 부러움과 질투, 야유 등등을 한 몸에 받으며 '고고, 유럽' 같은 제목의 가이드북을 펴 들었다. 제법 기분이 나쁘지 않았다. 엄마가 갑자기 허리를 삐끗해서 입원하기 전까지는 말이다.

한 달 동안 나는 집에서 은둔 생활을 하기로 작정했다. 유럽 여행 때문에 보충 수업에 나오지 않는다는 소문은 벌써 전교에 쫙 퍼졌다. 심지어 구경 온 1학년 아이까지 있었다. 그러니 이제 와 여행을 못 가게 됐다고 할 수는 없었다. 집 안에서 한 달 버티는 것쯤 뭐 대수랴. 친구들한테는 집에 굴러다니는 에펠 탑 열쇠고리나 몇 개 들고 가 선물하면 그만이었다. 여행 같은 것, 사실 안 가게 되어서 더 기뻤다. 집에서 듣는 잔소리를 해외까지 가서 듣고 싶지는 않았다. 합법적으로 보충 수업을 빠질 수 있는 데다가 집에서 빈둥거릴 수 있다니, 어느 해보다 아름다운 여름 방학이 될 것 같은 예감이 들었다.

그런데 엄마가 뜬금없는 소리를 하기 시작했다. 잠꼬대를 하는 것 같았다. 그건 아무리 봐도 잠꼬대라고 할 수밖에 없는 소리들이었다.

"저가 항공이라 환불이 안 된단 말이야. 숙소도 다 예약하고 요금까지 치렀는데. 그중 반 이상은 취소할 수도 없어. 아까워서 어떡하니?"

"반이라도 건질 수 있어서 다행이네."

엄마는 병원 침대에 누워 내게 눈을 흘겼다. 그게 엄마가 할 수 있는 최대한의 응징이었다.

"항공권값이 얼만데. 아무리 저가 항공권이라지만 휴가철이라 꽤 줬단 말이야."

"휴가철은 피해야지. 엄마는 일 년 내내 맘대로 휴가 쓰면서."

엄마가 입술을 앙다물었다가 소리를 빽 질렀다.

"너 때문이잖아! 여름 방학에 맞춘 거라고! 지금 안 가면 또 언제 같이 갈 수 있겠어?"

그런 깊은 뜻이 있는 줄 몰랐다. 더구나 그런 생각을 하필 내가 고2가 돼서야 할 줄 꿈에도 생각 못 했다. 그래서 말이지, 엄마는 한층 부드러워진 목소리로 또 잠꼬대 같은 소리를 했다. 여행은 모든 순간이 소중한 경험이라는 둥, 특히 젊을 때 하는 여행은 인생 최대의 투자가 될 거라는 둥, 이런 경험은 아무나 할 수 없는 거라는 둥. 휴대폰으로 게임을 하면서 나는 엄마의 하해와 같은 말씀을 조용히 경청했다.

다만 한마디 말이 툭, 나를 건드렸다.

"무서워서 혼자는 못 가겠지?"

"네, 무섭습니다."

"그럴 줄 알았어. 그럼 포기하는 거지, 뭐."

"네, 포기하겠습니다."

"사내자식이 그렇게 쉽게 포기하고……."

"왜? 왜 엄마 맘대로 시작했으면서 내 잘못인 것처럼 말하는 거야?"

　마지막 말은 하지 않았으면 좋았을 거다. 아니, 내 말에 갑자기 엄마가 울음을 터뜨리지만 않았더라도 달라졌을지 모른다. 하지만 난생처음 보는 엄마의 눈물에 나는 뭐가 뭔지 모르게 됐고, 정신 차리고 보니 런던으로 향하는 비행기에 혼자 올라타 있었다.

　런던에 가면 버로 마켓 앞에 있는 빵집에서 스콘을 먹어 봐야 해. 사실 스콘 맛은 특별할 게 없지만 그 집 클로티드크림이 정말 예술이거든. 파리에서 메뉴를 못 정하겠거든 오리 콩피를 먹도록 해. 어느 식당이나 실패할 확률이 적은 요리거든. 마레 지구에 가면 팔라펠을 꼭 사 먹도록 하렴. 값도 싸고 푸짐하거든. 게다가 맛도 좋아. 생각만 해도 군침이 돈다, 얘. 니스 살레야 시장에 가면 고추가 들어간 토마토 페이스트를 꼭 사다 줘. 꽃 가판대가 시작되는 곳 바로 옆에 있는 집이야. 잊지 말고 꼭 그 집에서 사다 줘야 해. 아저씨가 아주 친절해. 피렌체에 가서는 티본스테이크를 꼭 먹어 봐야지. 무조건 1킬로그램을 시켜야 하는데, 너무 맛있어서 먹다 보면 너 혼자서도 깨끗이 해치울 거야. 나폴리에 가면 레몬소르베를 꼭 먹어 보고…….

　비행기에 오르기 전 전화했을 때, 엄마의 말은 끝도 없이 이어졌다. 아들이 몇 분 뒤면 비행기에 탈 거라는 생각에 엄마는 마음이 다급해졌던 것 같다. 그래서 아들이 난생처음 혼자, 그것도 외국으로 여행 간다는 건 깜빡 잊은 것 같았다. 그런 부모도 있구나, 차암. 담임의 말이 새삼 다시 떠올랐다.

내 옆자리의 여자는 여전히 벽에 몸을 밀착시킨 채 몸을 웅크리고 있었다. 그게 별로 도움이 되지 않는다고 말해 주고 싶었지만 그런 말은 여자를 더 움츠러들게 할 것 같았다. 사실 그 말을 정확히 전달할 자신도 없었다. 여행이 가능할까 싶을 만큼 내 영어 실력은 빈약했고, 또 여자가 영어를 할 수 있는지도 알 수 없었다. 핀란드에서는 무슨 언어를 쓰나, 핀란드 사람 맞나, 어쨌든 외국인이잖아, 그런 생각을 하며 여자를 슬쩍슬쩍 곁눈질했다. 여자는 마치 좌석에 붙박인 장식품처럼 꼼짝도 하지 않았는데, 자세히 보니 그래도 작은 움직임은 있었다. 그건 바로 손이었다. 여자는 승무원이 나눠 준 메뉴가 적힌 종이를 내내 손가락으로 만지작거렸다.

여자의 손가락을 보고 좀 놀랐다. 뚱뚱한 여자의 손이라고 믿을 수 없을 만큼 작고 섬세했다. 손등 위에는 살이 듬뿍 올라 포동포동했지만 손가락은 고깔 모양의 과자처럼 끝으로 갈수록 점점 가늘어져서 그 끝은 매우 부드럽고 연약한 선을 그리고 있었다. 그 손가락으로 어찌나 만지작거렸는지 메뉴판 끝이 나달나달해져 있었다. 기내식을 굉장히 기다리고 있는 게 분명했다. 짐짓 그렇지 않은 척, 여자는 내내 창밖만 조용히 바라보고 있었다.

여자에게는 어쩐지 자꾸 쳐다보게 만드는 구석이 있었다.

뚱뚱해서만은 아니었다. 살이 찐 사람은 많이 봤지만 여자가 살이 찐 모양은 좀 독특했다. 여자의 몸에 붙은 살은 무척 자연스럽게 느껴졌다. 뚱뚱한 사람들이 간혹 그러듯, 버거워 하는 구석이라고는 하나도 없이 당연히 있어야 할 것이 있다는 느낌이었다. 피부는 하얗고 윤기가 흘러 마치 꼬마 삼보의 호랑이 버터를 발라 놓은 것 같았다. 호랑이 떼가 꼬리에 꼬리를 물고 나무 밑을 돌다가 버터가 되어 버린다는 동화를 나는 어릴 때 무척 좋아했다. 엄마가 팬케이크를 구워 버터를 발라주며 꼭 호랑이 버터라고 말했기 때문에 깊은 인상을 받은 건지도 모른다.

여자는 피부뿐 아니라 굽슬굽슬 부풀어 있는 머리까지 온통 하얀색이었다. 원래 머리 색이 그런 건지 나이 때문인지 종잡을 수 없었다. 팽팽하게 부풀어 오른 얼굴에는 주름살 하나 없었다. 차림새나 분위기로 보아 엄마보다는 나이가 많을 거라고 짐작했다.

승무원이 다가와 뜨거운 물수건을 주고 갔다. 비행기 안에 음식 냄새가 풍겼다. 여자의 얼굴에 화색이 돌았다. 여자가 앞좌석 등받이에 달린 쟁반을 펼치고 경건한 자세로 식사를 기다렸다.

그러고 보니 여자가 말을 못 한다는 것을 눈치챌 기회는 여러 번 있었다. 하지만 여자는 그때마다 그 사실을 감쪽같이 숨겼다. 아니, 숨겼다는 말은 적절치 않다. 여자에게는 감출 의도 같은 건 전혀 없었다. 다만 여자는 말을 하지 못한다는 것을 굳이 드러내지 않았을 뿐이다. 비행기에 타자마자 승무원이 물 드릴까요, 라고 물었을 때 여자는 고개를 끄덕이는 것으로 대답을 대신했다. 기내식이 나왔을 때 거의 맨 뒷자리였던 나와 여자는 치킨과 비프, 두 가지 메뉴 중 하나를 선택할 기회가 없었다. 남은 것은 치킨뿐이라며 승무원은 원하는 메뉴를 묻지도 않고 쏘리, 라고 말하면서 별로 미안하지 않은 표정으로 기내식을 내려놓았다.

음료를 고를 때는 여자가 커피, 라고 분명 말했던 것 같다. 하지만 여자의 목소리는 기억나지 않았다. 여자가 아주 작게 말했거나 고도 때문에 귀가 먹먹해져서 내가 못 들은 줄 알았다. 여자의 손가락이 무척 섬세하게 생겼다는 것까지 알아차렸으면서 여자가 말을 못 한다는 건 눈치채지 못했던 것이다. 별 상관없는 일이었다. 어차피 이국의 말을 하는 두 사람이 나눌 수 있는 말은 많지 않았을 테고, 사실 나눠야 할 말도 없었다.

그때 이상기류 때문에 도착이 조금 지연된다는 방송이 나왔다. 예정 비행 시간인 세 시간은 훌쩍 지나 있었다. 으레 있는 일이라는 듯, 신경 쓰는 사람은 별로 없었다. 이윽고 런던 히드로 공항에 착륙한다는 안내 방송이 흘러나왔다. 쿠쿵, 하고 비행기는 부드럽게 착륙했다. 여자의 살들이 작은 파도처럼 출렁거렸다. 그 순간 여자와 눈이 마주쳤다. 여자는 무사히 도착해서 다행이라는 듯, 내게 고개를 한 번 끄덕여 보이고 조용히 미소 지었다. 나도 여자에게 고개를 조금 숙여 보였다. 그게 다였다. 내가 먼저 비행기에서 내린 것으로 여자와 작별했다.

예상치 못한 일은 공항에서 일어났다. 입국 심사대의 줄이 유독 길고 웅성거리는 소리가 유난히 크긴 했지만 런던은 역시 인기 있는 관광지구나, 라고 생각했을 뿐이었다. 무슨 일이 벌어졌을 거라고는 상상조차 하지 못했다. 입국 심사대를 조금만 눈여겨봤다면 심상치 않은 분위기를 눈치챘을지도 모른다. 하지만 내 머릿속은 공항 너머에서 나를 기다리고 있을 갖가지 일에 대한 걱정과 피로가 뒤범벅되어 멍하기만 했다.

아무리 기다려도 줄은 좀처럼 줄어들지 않았다. 다리에 힘이 풀려 주저앉기 직전에야 간신히 내 차례가 됐다. 나는 긴장하며 입국 심사 직원 앞으로 다가갔다. 어떤 종류의 심사든, 시험대에 오르는 건 긴장되는 일이었다. 직원은 내 여권은 보는 둥 마는 둥 하고 빠른 속도로 뭔가 말했다. 나는 멍한 머릿속으로 주어와 동사를 찾으며 의미를 파악하려 안간힘을 썼다. 내가 알아듣지 못한다는 걸 눈치챈 직원은 종이를 한 장 들어 보였다.

No entry.

빈약한 영어 실력이었지만 그 정도는 이해할 수 있었다. 내가 가려고 하는 곳에서 나를 받아들이지 않겠다는 뜻이었다.

그러고 보니 직원이 속사포처럼 쏟아부은 말 중에 '테러'라는 단어가 있었다는 것을 뒤늦게 깨달았다. 나는 얼빠진 얼굴로 직원을 쳐다봤다. 직원은 양손을 번쩍 들어 올리고 어깨를 으쓱해 보였다. 자기 탓은 아니라는 의미 같았다.

공항 안은 아수라장이었다. 온 세계에서 날아온 사람들이 공항을 빠져나가지 못하고 가득 차 있었다. 공항 직원을 잡고 소리를 지르고 화를 내던 사람들은 시간이 지나자 불안한 눈초리로 멀거니 의자에 앉아 있었다. 그나마 자리를 잡고 앉아 있는 사람들은 형편이 나은 축이었다. 맨바닥에 누워 있는 사람들도 많았다. 테러가 일어난 곳이 바로 여기, 공항 안인 것처럼 어수선했고 불안과 긴장이 흘렀다.

내가 가까스로 빈자리를 발견한 곳은 상점을 철거하느라 비닐을 씌워 놓은 공간 바로 앞이었다. 외진 곳이었고 불을 꺼 두어 어둑했지만 대신 조용했다. 나는 의자에 앉아 다리를 길게 뻗었다. 금속으로 만들어진 의자가 딱딱하게 엉덩이에 배겼다. 배가 고팠지만 뭘 먹고 싶은 생각은 들지 않았다. 그보다는 목이 탔다. 하지만 옴짝달싹할 힘도 없었다. 어깨에 씨름 선수단이 올라타고 다리에는 쇳덩이를 달아 놓은 것 같았다. 10킬로그램이나 되는 길쭉한 내 배낭도 힘을 다한 듯, 바닥에 픽 쓰러졌다.

피곤해서 생각하는 것조차 귀찮았지만, 나는 어렵사리 찾아 낸 한국인 공항 직원이 해 준 말을 곰곰 다시 떠올렸다. 오늘 아침 런던 지하철역에서 일어난 테러 사건으로 외국인의 출입국이 금지되었다. 출입국 금지는 당분간 계속될 것이다. 일주일이 될지 한 달이 될지는 아무도 모른다. 확실한 건 하루 이틀 안에 해결될 문제는 아니라는 거다.

직원은 두 가지 방법을 제시했다. 하나는 비행기를 타고 가까운 다른 나라를 여행하는 걸로 계획을 바꾸는 것이었다. 부모님과 잘 상의해 보라는 말에 혼자 여행 중, 아니, 혼자 막 여행을 시작한 참이라고 했더니 직원은 고개를 절레절레 흔들며 나머지 다른 방법을 적극 추천했다. 집으로 돌아가는 것이었다. 지금 유럽은 어디나 뒤숭숭하다고 덧붙였다. 게다가 항공권 구하기가 어려울 거라고 말하면서 직원은 한숨을 내쉬고 공항을 둘러보았다. 공항은 받아들여지지 못한 사람들로 넘쳐 났다. 그들 모두 어디로든 떠나야 할 것이었다.

설상가상으로 휴대폰 배터리마저 다 닳았다. 환승지에서 비행기를 기다리는 내내 게임을 한 탓이었다. 공중전화 앞은 어디나 길게 줄이 늘어서 있었다. 한참을 기다린 끝에 몇 번의 시행착오를 거쳐 겨우 전화를 걸 수 있었지만 엄마는 전화를 받지 않았다. 신호만 울리는 전화기를 붙잡고 있자 뒷사람이 툭툭 어깨를 두드리며 재촉했다. 누군가에게 전화해야 할 사람이 넘치고 넘쳤다. 줄 서기를 반복하며 몇 번 더 전화를 해 봤지만 엄마는 끝내 전화를 받지 않았다. 난감했다. 어떻게 해야 할지 도무지 알 수 없었다. 지금은 아무것도 할 수 있는 게 없다. 고개를 절레절레 흔들던 한국인 직원도 퇴근한 지 오래고, 항공권 발매 창구는 아침이 돼야 문을 연다. 한 가지 확실한 건, 이 밤을 어떻게든 보내야만 한다는 것이었다.

그때였다. 돌돌돌, 바퀴 소리가 어둑한 공항 로비 저편에서 들려왔다. 누가 큼직한 여행 가방을 끌고 다가오고 있었다. 그 여자였다. 비행기에서 내 옆자리에 앉았던 뚱뚱한 여자. 여자는 내 앞에서 잠시 걸음을 멈췄다. 여자도 나를 알아봤는지 살짝 고개를 숙였다. 나도 얼떨결에 꾸벅 인사했다. 그러고 나자 여자는 내가 앉은 의자 줄의 맨 끝으로 가서 조용히 앉았다.

나와 여자 사이에는 의자 세 개만큼의 거리가 놓여 있었다. 나는 비행기 안에서 내 옆구리에 닿던 여자의 온기를 떠올렸다. 짜증스럽게 느껴졌던 여자의 존재가 지금은 왠지 조금 반갑기까지 했다. 여자는 단정하게 앉아 멍하니 앞만 바라보았다. 깨끗했던 블라우스가 후줄근해져 있었다. 그것이 몇 시간 동안 허둥거리고, 불안해하고, 두려움에 떨었던 흔적처럼 보였다.

나도 모르게 여자를 한참 바라보고 있었나 보다. 여자가 내 쪽으로 고개를 돌리기에 나는 얼른 눈을 피했다. 그런데 여자가 불쑥 자리에서 일어났다. 그러더니 내 옆에 와 앉았다. 여자는 가방에서 물병을 꺼내 나에게 내밀었다. 나는 여자를 물끄러미 바라만 봤다.

마셔요, 라고 여자가 말했다. 사양하기에는 목이 너무 말랐다. 나는 물병을 받아 들고 정신없이 물을 들이켰다. 물병에서 입을 떼고 나서야 너무 많이 마셨다는 걸 깨달았다. 미안해하는 나를 보고 여자는 괜찮아요, 라고 말했다.

그제야 알았다. 여자가 소리 없이 말하고 있다는 것을. 그리고 만약 소리가 났더라도 그것은 내가 아는 어떤 언어도 아니었다는 것을 알아차리고 나는 어리둥절해졌다. 여자는 이해한다는 듯 살짝 웃었다. 그리고 손가락으로 자기 입을 가리키더니 손바닥을 활짝 펴 보이며 좌우로 흔들었다. 그러고는 가방에서 작은 수첩을 꺼내 뭔가 써서 내게 내밀었다.

나는 말을 못 해요.

영어로 쓰여 있었다. 글씨는 여자의 몸처럼 동글동글했지만 단정하고 알아보기 쉬웠다. 나는 고개만 끄덕여 보였다.

들을 수는 있어요. 'vocal cords'를 다쳤을 뿐이에요.

나는 vocal cords라는 단어를 가리키며 고개를 갸웃해 보였다. 여자가 손가락으로 자신의 목을 짚었다. 성대라는 말 같았다. 여자가 또 뭔가 쓰더니 내게 수첩을 내밀었다.

런던에는 여행 왔나요?

나는 고개를 끄덕였다.

나도 혼자 여러 곳을 여행 다녔죠.

"그게, 저기……."

나는 머뭇거리다가 여자에게 펜과 수첩을 달라는 시늉을

해 보였다. 여자가 내게 수첩과 펜을 건네줬다. 여자는 들을 수는 있다고 했지만, 나는 말로 하기보다는 쓰는 편이 쉬울 듯했다. 나는 단어를 하나하나 떠올리며 수첩에 썼다. 막상 해 보니 생각보다 묘한 기분이 들었다. 수첩에 글씨를 쓰는 동안 어쩐지 마음이 차분하게 가라앉는 느낌이었다. 내가 수첩을 내밀자 여자가 읽었다.

여행하기가 불편하지 않나요?

내 질문에 여자는 의아한 표정을 지었다. 나는 손가락으로 내 목을 가리켜 보였다. 여자가 알았다는 듯이 고개를 끄덕였다. 그리고 수첩에 답을 적어 내게 보여 주었다.

어차피 외국에서는 말이 잘 통하지 않잖아요.

그렇군요.

그래요. 말은 별로 중요하지 않아요.

여자의 말을 완전히 수긍할 수는 없었지만 나는 일단 고개를 끄덕여 보였다.

여행을 좋아하나요?

여자의 질문에 뭐라고 답해야 할지 망설여졌다. 여행을 좋아하는지 생각해 본 적이 없었다. 물론 전에 여행을 해 본 적은 있다. 엄마와 둘이 외국으로 여행을 가기도 했다. 하지만 그건 내가 아주 어릴 때 일이었다. 여행이 좋았는지 어쨌는지 생각나지 않는다. 비행기를 타는 게 신났고, 기내식을 먹는 게 신기했다는 건 어렴풋이 기억난다.

그러나 여행지에서 연거푸 먹어야 했던 괴상한 냄새가 나는 음식과 뜨거운 햇살 아래에서도 지치지 않는 엄마 손에 끌려 다녔던 건 별로 좋은 추억이 아니었다. 그때 갔던 곳이 어디였는지도 생각나지 않는다. 그곳의 기억은 알록달록한 그릇과 향신료로 엄마의 찬장에 놓여 있을 뿐이다.

여자는 펜을 쥔 채 망설이고 있는 나를 조용히 기다렸다. 나는 아무것도 적지 않고 수첩을 여자에게 건넸다. 여자가 희미하게 미소 짓더니 글씨를 써 내려갔다.

나는 여행을 좋아해요. 하지만 이번에 런던에 온 건 대회에 참석하기 위해서랍니다.

대회요?

나와 같은 사람들이 모여서 치르는 대회예요.

대회 이름이 뭐예요?

이름은 없어요.

여자가 조용히 웃었다.

공식적인 대회는 아니에요. 하지만 해마다 열리고, 개최지는 늘 달라진답니다. 이번에는 개최지가 런던인 거죠. 대회에 참가하기 위해 세계 곳곳에서 사람들이 모여요. 참가자가 많지는 않아요. 많을 때는 30명 정도지만 대개는 20명이 좀 안 되는 사람들이 참가하죠.

뭘 겨루는 거죠?

정해진 것은 없어요. 저마다 자기가 좋아하는 것을 하죠. 어떤 사람은 의자를 만들고 어떤 사람은 뜨개질을 하고 어떤 사람은 퀼트를 하죠. 그림을 그려도 되고, 기타를 연주해도 되고, 달리기를 해도 돼요. 아주 다양하죠. 웅변이나 노래만 빼고 뭐든 가능해요.

그런 대회가 있다는 건 처음 들어 봤다. 정말 그런 게 있을까 싶었다. 하지만 여자의 얼굴은 진지했다.

요리를 하는 사람도 있나요?

있어요. 늘 잼을 만드는 사람이 있어요. 그녀가 런던에 살죠. 이번 대회장은 그녀가 마련했어요. 런던 근교, 작은 시골 마을에 있는 집을 한 채 빌렸어요. 메일로 사진을 보내 줬는데 아주 아름답더군요. 방이 여섯 개나 된대요. 우리는 그곳에서 함께 머물며 대회를 치를 거예요. 대회는 사흘 동안 치러져요.

사흘이나요?

잼 같은 걸 만드는 데 사흘이나 필요할까 싶었다. 나는 엄마가 잼을 만들었던 때를 떠올렸다. 엄마는 반나절이면 한 솥 가득 잼을 만들어 냈다. 의자나 뜨개질이라면 시간이 사흘 정도 필요할지 모른다. 하지만 달리기를 하거나 잼을 만드는 데 사흘은 과분한 시간이 아닌가 싶었다.

만드는 시간 자체는 그렇게 많이 필요하지 않을지도 몰라요. 하지만 우리는 서두르지 않죠. 우리는 기다려요. 말을 걸어올 때까지.

말을 걸어온다고요?

네.

무슨 말을요?

알게 돼요. 내게 말을 걸어온다고 명확히 느껴질 때가 있
어요.

여자가 이어서 글씨를 썼다.

만들지 않고는 견딜 수 없는 그런 순간이죠.

잘 이해가 안 됐다. 어쩌면 내 빈약한 영어 실력 탓일지 모
른다고 생각하면서 나는 가볍게 고개를 끄덕였다. 이해했다기
보다는 여자가 말을 잇게 하기 위해서였다.

대회에 규칙이 하나 있긴 해요. 그곳에 가장 잘 어울리는
것을 만들어 내야 한다는 거죠. 그러니까 도착하기 전에는 아
무것도 알 수 없어요. 내가 무엇을 만들 수 있을지 말이에요.
그곳에 도착해야만 비로소 만들 수 있답니다. 우리는 주변을
산책하기도 하고, 근처 시장에 다녀오기도 하고, 책을 읽기도
하고, 또는 아무것도 하지 않고 조용히 생각에 잠겨 있기도
하죠. 그런 시간이 적어도 이삼 일은 필요해요. 어떤 사람은
사흘이 지나도록 아무것도 만들지 못하기도 하죠. 그렇지만
별로 신경 쓰지는 않아요. 조금 늦게 말을 건네는 것뿐이니까.

완성하고 나면요?

완성품을 제출하고 다 같이 모여 심사를 해요. 심사하는 데
는 보통 한 시간도 걸리지 않아요. 보는 순간 알 수 있거든요.

아, 올해는 이게 최고구나!

그것도 역시 말을 거는 건가요?

맞아요.

당신은 뭘 만들죠?

나는 'papercut'을 해요.

페이퍼컷. 내가 고개를 갸웃하자 여자는 수첩에 뭔가 쓰려다 말고 여행 가방의 지퍼를 열었다. 그리고 동그랗고 긴 플라스틱 통을 하나 꺼내더니, 뚜껑을 열고 그 안에서 돌돌 말린 것을 꺼냈다. 여자가 내게 펼쳐 보여 준 건 하얗고 큼직한 종이였다. 나는 손가락 끝으로 종이를 살짝 만져 보았다. 미술 시간에 쓰는 도화지보다 약간 두툼하지만 그냥 평범한 종이였다. 나는 아직도 모르겠다는 듯, 고개를 갸웃해 보였다. 여자가 수첩에 뭐라고 쓰더니 내밀었다.

보고 싶나요?

나는 고개를 끄덕였다.

런던에서 보고 싶었던 게 있나요?

여자가 또 물었다.

잘 모르겠어요. 런던 브리지나 여왕님? 엄마는 스콘을 꼭 먹으라고 했지만요.

여자가 빙그레 웃었다. 여자는 바닥에 주저앉아 종이를 펼쳐 놓았다. 그러고는 무릎을 꿇고 몸을 수그린 채 종이 위에 연필로 그림을 그려 나갔다. 여자의 블라우스 옆구리가 불룩해지고 엉덩이를 감싼 치마는 터질 것 같았다. 하지만 여자는 전혀 신경 쓰지 않는 것 같았다. 왠지 그 모습이 별로 흉해 보이지 않았다.

공처럼 둥근 여자의 몸은 뭔가를 떠오르게 했다. 꼬마 삼보의 호랑이 버터, 팬케이크 위에서 녹아내리던 작은 버터 조각, 스콘 위에 발라 먹는 하얀 클로티드크림. 그런 부드러운 것들이 머릿속에 떠올랐다. 그리고 웬일인지 엄마가 생각났다. 엄마는 늘 옆으로 누워서 다리를 가슴까지 끌어 올려 둥글게 몸을 말고 자는 버릇이 있었다. 그렇게 잠든 엄마는 너무도 작고 고단해 보여 나는 억지로 다리를 펴 주곤 했다. 그래도 조금 지나면 엄마는 다시 몸을 공처럼 둥글게 만 상태로 돌아갔다. 그것이 세상에서 가장 편한 자세라는 듯, 엄마는 언제나 그렇게 잤다.

잠시 시간이 흐른 뒤, 여자는 여행 가방에서 또 뭘 꺼냈다. 펜처럼 보이는 것이었다. 여자가 펜처럼 생긴 것을 종이 위에 그려 놓은 선 위로 갖다 댔다. 스윽, 슥, 조용하지만 또렷한 소리가 들렸다. 자세히 보니 펜처럼 보인 그 물건은 칼이었다. 칼을 쥔 여자의 손놀림은 아주 민첩하고도 부드러웠다. 여자의 손가락이 몸과 달리 몹시 가늘고 섬세하다는 것을 나는 기억해 냈다. 또 하나의 손가락이라도 되듯, 가느다란 칼은 여자의 손에 착 달라붙어 능숙하게 움직였다.

스윽, 슥. 어둡고 적막한 공항 안에 여자가 종이를 오리고 베어 내는 소리만이 고요하게 들렸다. 다른 사람들은 다 어디에 있는 걸까, 하는 생각이 문득 들었다. 모든 사람이 다 사라지고 여자와 나 둘만 남은 느낌이었다. 스윽, 슥. 종이 자르는 소리는 아주 평화롭게 들렸다. 이국의 땅에서 느꼈던 긴장과 예상치 못한 상황이 안겨 준 두려움이 저만치 물러나고 부드럽고 따스한 무언가가 나를 다정하게 보듬어 주는 듯한 기분이었다. 눈꺼풀이 슬슬 무거워졌다. 졸음이, 걷잡을 수 없을 만큼 몰려왔다.

얼마나 지났는지 모르겠다. 어룽어룽, 여자의 말소리가 들려왔다. 아니, 그럴 리가 없다. 여자는 말을 못 하니까. 하지만 분명 여자의 목소리였다. 목소리는 여자의 손가락처럼 곱고 부드러웠다.

자, 완성이에요.

여자가 내 앞에서 두 팔을 활짝 펼쳐 보였다. 여자가 오려 낸 종이가 양손 사이에서 마법사의 망토처럼 펼쳐졌다. 방심하고 있다가 망토 속에서 날아오른 하얀 비둘기를 본 아이처럼, 나는 손뼉을 치며 환호성을 지르고 싶었다. 하지만 너무 피곤해서 손가락 하나 까딱할 기운조차 없었다. 잠을 몰아내려 애썼지만 눈꺼풀은 자꾸 무겁게 감겼다. 나는 가까스로 입을 열어 여자에게 말했다.

"이게 페이퍼컷이군요."

그래요. 페이퍼컷이랍니다.

"빨리 완성했네요."

네, 말을 걸어왔으니까요.

나는 졸음과 싸우며 물었다.

"우승해 본 적 있나요?"

아직요.

"그럼, 올해는 반드시 당신이 우승할 거예요. 정말 잘 만드네요."

그런가요?

"정말 똑같이 닮았어요."

여자가 빙그레 미소 지었다.

여자가 만들어 보인 페이퍼컷은 엄마, 바로 내 엄마의 얼굴이었다.

밤이 물러나고 아침이 시작되는 소리가 들려왔다. 웅성거리는 소리가 점점 커지고 하늘 위를 나는 비행기 소리가 들려왔지만 자꾸만 밀려오는 졸음에 나는 조금도 움직일 수 없었다.

missing

*

　내가 아르바이트를 마치고 집에 돌아오자 아버지는 여느 때처럼 소파에서 자고 있었다. 바닥에는 쭈그러뜨린 맥주 캔들이 나뒹굴고 테이블에는 부스러기만 남은 피자 상자가 펼쳐져 있었다. 바닥에서 리모컨을 집어 텔레비전을 끄자 아버지가 눈을 떴다. 내 손에 들린 봉투를 보고 아버지는 포크를 가져오라고 했다. 포크를 가져오니 아버지는 손가락으로 스프링롤을 집어먹고 있었다. 텔레비전은 다시 켜져 있었다.

　나는 음식 상자와 함께 봉투에 넣어 준 나무젓가락을 꺼내 들었다. 언제나처럼 나는 24번 치킨브로콜리와 27번 볶음국수였고 아버지는 7번 세서미비프와 37번 스프링롤, 45번 완당수프였다. 집 근처 중국 식당은 허름하지만 늘 사람들로 붐

벼다. 나는 거의 날마다 중국 식당에서 음식을 사 왔다. 나는 젓가락을, 아버지는 포크를 들고 묵묵히 저녁을 먹었다.

아버지가 리모컨 버튼을 누르다 채널을 고정했다. 회색 재킷을 입은 여자 앵커가 심각한 표정으로 뭔가 말하고 있었다. 아버지가 소리를 키웠다. 실종된 소녀에 관한 뉴스였다. 소녀는 열 살이었고 학교가 끝나고 집에 돌아오는 길에 사라졌다. 집에서 학교까지는 걸어서 10여 분도 안 걸리는 거리였다. 소녀가 곧장 집으로 돌아갔는지 기억하는 친구들은 없었고, 집으로 돌아오는 소녀를 목격한 이웃들도 없었다. 대규모 경찰단과 주민들이 집 주변을 샅샅이 수색했지만 실종된 지 일주일이 지나도록 소녀를 찾지 못했다. 유괴범의 전화도 없었다.

소녀가 사는 인구 2만의 작은 도시에서 올해 들어 세 번째 일어난 실종 사건이었다. 실종된 아이들 중 하나는 일곱 살 난 여자애였고 다른 하나는 여덟 살짜리 남자애였다. 아무도 아직 돌아오지 못했다. 화면에 소녀의 엄마가 울부짖는 모습이 나왔다. 아버지는 채널을 돌려 풋볼 경기를 봤다. 맥주를 한 모금 마시고 길게 트림하는 아버지의 입가가 번들거렸다.

어릴 때 나는 모르는 사람을 따라간 적이 있다. 여덟 살 때 일이다. 토요일이나 일요일이었던 것 같다. 어쩌면 공휴일이었을지도 모른다. 학교에 가지 않는 날이었다는 것만 분명히 기억난다. 아침에 일어나니 아버지는 자고 있고 엄마는 일하러 나가고 없었다. 배가 고파 냉장고 문을 열어 보니 우유 팩은 비어 있었다. 나는 시리얼을 한 주먹 입안에 집어넣고 씹으며 싱크대 서랍을 열어 보았다. 맨 아래 서랍에 영수증과 고지서들 밑으로 지폐 몇 장이 있었다. 동전도 몇 개 있었지만 나는 지폐만 꺼내 세어 보았다. 모두 17달러였고 5달러짜리가 한 장 있었다. 5달러짜리 지폐 한 장을 주머니에 넣고 집을 나왔다.

이른 봄이었던 것 같다. 나는 매일 학교 갈 때 입는 점퍼를 입고 있었는데 한참 걷자 좀 덥게 느껴졌다. 공원에 도착했을 때는 점퍼를 벗어 한쪽 손에 들고 있었다. 공원까지 걷기에는 먼 거리였지만 버스 탈 생각은 하지 못했다. 버스를 혼자 타본 적이 한 번도 없었기 때문이다. 휴일인 데다 날씨가 좋아서 공원에는 사람들이 많았다. 유모차를 밀거나 개를 끌고 산책하는 사람들 사이로 조깅화를 신은 사람들이 달려갔다. 벤치는 햇볕을 쬐며 나른히 앉아 있거나 책을 읽는 사람, 서로에게 바짝 달라붙어 있는 연인들이 죄다 차지하고 있었다. 막초록색을 띠기 시작한 너른 잔디밭에 앉아 점심을 먹고 있는 가족들이 눈에 띄었다. 나는 그들이 점심으로 뭘 먹는지 궁금했지만 다가가지는 않았다.

공원은 몇 번 와 본 적이 있었다. 그때는 아버지가 모는 차를 타고 왔었다. 엄마가 만들어 온 샌드위치를 먹고, 아버지와 한참 원반을 던지다 집으로 돌아갔다. 아주 오래전 일이었다.

엄마가 일을 나가지 않고, 아버지가 술을 마시기 전이었다.

나는 잔디밭 둘레를 따라 공원 구석 쪽으로 걸어갔다. 공원 한편에는 작은 동물원이 있었다. 내가 한 시간이나 기를 쓰고 걸어 공원에 온 이유는 동물들이 보고 싶어서였다. 사실 동물원이라고 할 만한 것은 아니었다. 규모가 턱없이 작고 동물 수도 얼마 되지 않았다.

하지만 이곳 동물들에게는 저마다 이름뿐 아니라 사연까지 있었다. 누런 털의 고양이 키티는 태어나자마자 하수도에 빠져 있다가 구해졌고, 서로의 몸에서 정성스럽게 이를 잡아 주고 있는 한 쌍의 원숭이 줄리와 놀런은 한때 서커스단의 인기 스타였으며 모자 사이였다. 밤비는 눈 쌓인 산에서 마을로 먹이를 찾으러 내려왔다가 주민들에게 발견된 아기 사슴이고 (이제는 아기 사슴이 아니지만), 스노는 덫에 걸려 앞발을 잃은 은빛 여우이며, 포카혼타스는 폐쇄된 어느 동물원에서 기증한 타조인데 늘 심심한 얼굴을 하고 있었다. 수가 제일 많은 건 토끼다. 어느 날 공원 안에서 발견된 피피라는 하얀 토끼(아마도 어떤 아이가 생일 선물로 받은 토끼가 생각보다 너무 거대하게 자라서 버린 것이리라)가 공원 담당자의 주선으로 잭이라는 회색 토끼와 만나서 일군 대가족이었다. 하얀색과 회색, 또는 그 두 색이 얼룩덜룩하게 섞인 토끼들이 우리 안을 가득 메우고 있었다.

동물들의 이름과 사연은 팻말에 쓰여 있었다. 나는 팻말에 쓰여 있는 글씨를 거의 다 읽을 수 있었다. 이따금 모르는 단어들이 있었지만 상관없었다. 예전에 엄마가 읽어 준 내용을 죄다 기억하고 있었다. 나는 팻말을 소리 내어 읽으며 동물 우리를 지나쳐 갔다. 엄마가 봤다면 칭찬해 줬을 거라는 생각이 들어 한층 소리를 높였다. 우리 앞에 내걸린 팻말에서 알수 있듯이 동물들은 대부분 버려진 것들이었고 늙고 지쳐 보였다. 그래서 호기심에 찬 눈으로 다가왔던 아이들은 실망하고 이내 돌아가 버렸다. 그럼에도 나는 이곳이 좋았다. 우리 집에서 기를 수 있는 건 바퀴벌레와 파리뿐이었기 때문이다.

내가 가장 좋아한 건 힝키라는 조랑말이었다. 경주마를 키우는 목장에서 태어난 힝키는 태어날 때부터 한쪽 다리가 짧았던 까닭에 이 동물원으로 오게 되었다. 힝키는 유일하게 잔디가 깔린 야외 우리에 살고 있었다. 하얀 나무 울타리로 둘러싸인 잔디밭은 그리 넓지 않았지만 달리지 않는 힝키에게는 나쁘지 않을 것 같았다. '절대 음식을 주지 마시오'라는 팻말이 버젓이 붙어 있는데도 사람들은 힝키에게 감자 칩이나 팝콘을 내밀었고, 힝키는 절룩거리며 사람들에게 다가가 그것을 받아먹곤 했다.

힝키는 잔디밭 가운데에 세워진 작은 마구간 앞에 가만히 서 있었다. 큰 소리로 이름을 불러 봤지만 들은 척도 하지 않았다. 내게는 힝키의 관심을 끌 아무것도 없었던 것이다. 하지만 내게는 5달러가 있었다.

나는 공원 매점으로 달려가 팝콘 한 봉지를 샀다. 5달러를 꺼내 매점 직원에게 내밀 때 가슴이 두근거렸지만, 직원은 무표정한 얼굴로 다른 건 더 필요 없느냐고 물었다. 레모네이드도 한 잔 샀다. 그전에 공원에 왔을 때 엄마가 레모네이드를 사 줬던 기억이 났다. 회오리무늬 막대 사탕도 사고 싶었지만 참았다. 이제 5달러짜리는 사라졌고, 1달러짜리 지폐 두 장과 50센트짜리 동전 하나가 남았다.

다시 힝키에게 돌아갔다. 팝콘을 내밀었지만 힝키는 다가오지 않았다. 울타리 너머로 팝콘을 던져 줬지만 여전히 거들떠보지도 않았다. 어쩌면 자고 있는지도 모른다는 생각이 들었다. 말은 서서 잠잔다는 것을 나는 알고 있었다.

나는 울타리 맞은편 긴 의자에 앉아 힝키를 바라보며 팝콘을 먹고 레모네이드를 마셨다. 팝콘은 금세 줄어들었다. 배는 여전히 고파서 더 먹고 싶었지만, 힝키가 깨어나면 줄 요량으로 팝콘을 조금 남겨 두었다.

쪽쪽 소리를 내며 마지막 남은 레모네이드를 빨대로 빨아들이고 있는데 누가 내게 물었다.

"말 타 본 적 있니?"

올려다보니 웬 할머니였다.

"아뇨."

할머니가 내 옆에 앉았다. 할머니의 머리는 새하얗고 부풀어 있어 솜사탕을 얹은 것 같았다. 얼굴은 냉장고에 오래 넣어 둔 사과처럼 쪼글쪼글해서 적어도 천 살은 돼 보였다. 옷차림이 무척 괴상했는데, 수십 가지 꽃무늬 천을 이은 듯한 알록달록한 원피스에 짙은 초록색 조끼를 입고 있었다. 낡아서 보풀이 일긴 했지만 무척 부드러워 보이는 옷이었다.

"난 말을 잘 탄단다. 우리 집에 말이 있거든."

"집에 말이 있다고요?"

"반짝반짝 윤이 도는 갈색 말이지. 갈기와 꼬리털은 또 얼마나 풍성한지 몰라. 올라타면 따뜻하고 폭신한 등이 파도처럼 출렁거린단다. 전혀 겁낼 필요 없어. 미카엘이라는 이름처럼 정말 천사 같은 말이거든. 참, 내 이름은 클로이란다. 꼬마신사 이름은 어떻게 되나?"

꼬마 신사가 어디 있나 하다가 나를 가리키는 것이라는 걸 알아챘다.

"아, 아더예요."

"아더. 용감한 기사가 생각나는 이름이구나. 아더, 말에게 각설탕 줘 본 적 있니? 말은 각설탕이라면 환장하거든. 각설탕을 받아먹고 더 내놓으라고 내 손을 계속 핥아 대는데, 느낌이 어떨 거 같니? 분홍빛 혀는, 아! 정말 부드럽단다, 아더. 상상이 되니?"

"잘 모르겠어요. 좀 징그러울 것 같아요."

"세상에, 징그럽다니. 얼마나 귀엽고 따뜻한데. 그런데 아더, 네 엄마는 어디 있니? 설마 혼자 온 건 아니겠지?"

"그럴 리가요."

나는 묻지 않은 대답까지 덧붙였다.

"화장실에 갔어요."

"그렇구나. 여기서 꼼짝 말고 기다리라고 했겠지?"

"네."

그러고는 늘 엄마가 내게 하던 말을 기억해 내고 서둘러 말했다.

"모르는 사람이랑 이야기하지 말라고도 하셨어요."

"혹시 나 말하는 거냐, 아더? 넌 내가 누군지 알잖아. 내 이름이 뭐라고 했지?"

"크, 클로이."

"그래, 내 말 이름까지 알잖니?"

"미카엘."

"그렇지. 엄마가 안심하고 화장실에 갈 만하구나. 화장실에 갔단 말이지?"

"네."

그러고는 클로이와 나는 잠자코 힝키만 쳐다보고 있었다. 힝키는 잠이 깊이 들었는지 꼼짝도 하지 않았다. 나는 다리를 꼬고 앉았다. 잠시 후에 반대쪽 다리를 올려 꼬고 허리를 약간 비틀었다.

"너, 혹시 화장실에 가고 싶은 거냐?"

클로이가 물었다.

"아, 아니에요."

"난 또 다리를 배배 꼬길래 화장실에 가고 싶은 줄 알았지."

"그런데 화장실에 다녀오는 것도 좋을 것 같아요."

"그래? 엄마가 꼼짝 말고 여기 앉아 있으라고 했는데 말이지?"

"가다가 만날 수도 있을 거 같아요."

"그래? 그럼 그러려무나. 그런데 화장실이 어느 쪽이지? 엄마가 어느 쪽으로 갔니?"

"저쪽요."

나는 되는대로 아무 방향이나 손가락으로 가리켰다.

"그럴 리가. 그쪽에는 화장실이 없단다."

나는 클로이의 말이 끝나기도 전에 자리에서 일어나 냅다 뛰었다. 하지만 너무 늦었다. 가랑이 사이가 뜨뜻해지면서 바짓단 아래로 흐른 오줌이 운동화를 적셨다.

"이런, 어떡하나."

뒤따라온 클로이가 나를 보고 말했다. 클로이의 손에 내 점퍼가 들려 있었다. 순간, 얼굴이 화끈거렸다. 작년에 교실에서 오줌을 싼 애가 하나 있었는데 1년 동안 그 애는 이름 대신 '오줌싸개'로 불렸다.

"엄마를 찾아보자. 혹시 옷을 하나 더 챙겨 왔을까? 아니, 꼬마 신사에게는 필요 없다고 생각했을 것 같다만. 그렇다면 얼른 집에 돌아가는 게 좋겠구나. 젖은 옷을 입고 있으면 감기 걸릴 수도 있거든. 화장실이 어디 있지? 아니, 원래 있던 곳으로 다시 돌아가는 게 나을지도 모르겠구나. 엄마랑 길이 엇갈리면 안 되니까 말이야. 그런데 아더, 너 우는 거니?"

나는 눈가를 쓱 닦았다. 부끄럽기도 했지만 그보다는 엄마를 찾아야 한다는 말에 왈칵 겁이 났다. 지금쯤 식당에서 일하고 있을 엄마를 여기서 어떻게 찾아낸단 말인가. 기어코 울음이 터져 나왔다.

"울지 마라, 아더. 조금도 울 일이 아니란다. 네가 비밀을 지켜 준다면 고백하지. 나는 열 살 때까지 옷에 오줌을 쌌단다. 그런데 아더, 너는 몇 살이나 됐니? 일곱 살? 여덟 살?"

"여덟 살요."

"그래, 넌 나에 비하면 아무것도 아니야. 그런데 아더, 넌 혼자 온 거지? 엄마가 잠깐 나가서 놀다 오라고 해서 혼자 온 거지?"

나는 흐느끼며 고개를 끄덕였다.

"그래, 그럴 줄 알았단다. 나도 늘 혼자 나가곤 했지. 집은 이 근처니, 아더?"

나는 고개를 가로저었다.

"이런, 대단하구나. 먼 곳에서 왔단 말이지? 마치 모험가처럼? 그럼 내가 집까지 데려다줄까?"

나는 다시 고개를 저었다.

"혼자 갈 수 있단 말이니? 혼자 가고 싶다는 말이지?"

나는 고개를 끄덕였다가 이내 좌우로 흔들었다. 이런 꼴로 집에 돌아가고 싶지는 않았다. 축축한 바지를 입고 어기적거리며 혼자 한 시간이나 걷는 건 싫었다. 게다가 지금 돌아가는 건 좋은 생각이 아니었다. 지금쯤 아버지가 잠에서 깨어나 5달러짜리 지폐가 없어진 것을 알아챘을지도 모른다. 나는 나머지 12달러와 동전도 가져왔어야 했다는 생각이 들었다. 도둑이 들었다면 5달러짜리만 훔쳐 갈 리는 없을 테니까.

나는 절망적인 심정으로 클로이를 올려다보았다. 클로이는 잠시 생각하는 듯하더니 입을 열었다.

"그럼 이렇게 하면 어떨까? 우리 집이 근처에 있단다. 아니, 아주 가깝지는 않지. 하지만 먼 길을 걸어온 꼬마 신사에게는 아무것도 아닌 거리란다. 우리 집에 가서 바지를 빨아 입고 집으로 돌아가는 건 어떠니? 오늘 같은 날씨라면……."

클로이는 고개를 들어 하늘을 올려다봤다. 나도 클로이를 따라 목을 뒤로 젖혔다. 햇살이 클로이의 머리카락 사이를 통과해 은빛으로 반짝거렸다.

"빨래하기 딱 좋은 날씨지. 어떠냐, 아더? 우리 집에 갈래?"

나는 잠자코 클로이를 쳐다보았다. 조금 전 힝키를 바라보던 부드러운 눈이 나를 내려다보고 있었다. 자그마한 몸집의 할머니가 그때는 왠지 내가 의지할 수 있는 유일한 존재처럼 여겨졌다. 나는 고개를 끄덕였다.

나는 한 걸음 떨어져 클로이를 뒤따라갔다. 같이 가자던 말을 잊어버린 듯, 클로이는 거침없이 앞서 걸었다. 아니, 완전히 잊은 것은 아니었다. 길을 건너야 할 때면 좌우를 살피고 내게 건너도 좋다는 눈짓을 보냈고, 종종 뒤를 돌아보며 내가 너무 뒤처져 있으면 걸음을 늦췄다.

노인답지 않게 클로이의 발걸음은 가벼웠다. 아니, 내 걸음이 느린 거였는지도 모른다. 축축한 바지가 가랑이 사이로 감겨 와 걷기가 불편했으며, 그보다는 낯선 사람을 따라가도 될까 하는 뒤늦은 걱정이 자꾸만 나를 머뭇거리게 했다. 클로이는 그런 내 마음을 다 안다는 듯이 앞장서 걸을 뿐이었다. 마음이 바뀌면 언제라도 돌아가렴. 클로이의 작은 등이 그렇게 말하는 듯했다.

집이 공원 근처라는 클로이의 말과는 달리 한참을 쉬지 않고 걸었다. 심지어 클로이는 마을을 벗어나 언덕을 향해 나 있는 구불구불한 길로 들어섰다. 낯선 곳에 대한 두려움은 잠시였고, 놀라움이 점점 커졌다. 잠시 걷는 것만으로 전혀 다른 풍광이 펼쳐졌기 때문이었다. 누렇게 마른 흙은 점차 이끼와 잔디에 덮인 검고 촉촉한 흙으로 변했다. 좁은 길 양옆으로 초록 덤불이 점점 더 무성해졌다. 덤불 사이에서 피어난 몇몇 꽃이 눈에 띄기도 했다. 조금 더 가자 꽃이 흐드러지게 피어 길을 거의 다 가리다시피 했다. 언덕 능선을 따라 갖가지 색깔의 꽃이 가득 펼쳐져 마치 양탄자처럼 보였다. 순간 나는 클로이를 놓친 줄 알았다. 꽃무늬 원피스를 입은 클로이가 꽃

양탄자 속으로 사라진 것처럼 보였던 것이다. 사방은 조용했고, 붕붕 희미한 소리만 귓가에 울렸다. 꽃 위를 분주히 날아다니는 벌들의 날갯짓 소리였다. 노란 가루를 가득 머금은 꽃술 위에 햇살이 닿아 반짝였다.

눈길을 돌려 멀리 올려다보자 산등성이에 연한 분홍색 구름이 자욱이 껴 있었다. 산꼭대기는 파란 하늘과 대비되어 선명하게 보였다. 고개를 돌려 아래를 내려다보니 마을이 장난감집처럼 보였다. 그토록 넓은 공원이 손톱만 한 크기로 작아져 있었다. 나는 이마에 흐르는 땀을 소맷자락으로 닦은 뒤 소매를 팔꿈치 위까지 걷어 올렸다.

지린내는 좀 나지만 바지는 거의 다 말라 있었다. 집으로 돌아가 세탁기 안에 넣으면 엄마는 내가 오줌 싼 걸 모를 수도 있겠다는 생각이 들었다. 이대로 돌아갈까? 아니, 아직 아니었다. 집에는 아버지만 있고, 엄마가 돌아오려면 아직 멀었다. 그리고 이미 너무 높이 올라오지 않았는가. 솔직히 말하면 저 위에 뭐가 있는지 보고 싶은 호기심이 되돌아가려는 생각을 이긴 지 오래였다.

가던 방향으로 몸을 돌리니 클로이가 걸음을 멈추고 나를 바라보고 있었다. 클로이의 입가에 부드러운 미소가 어려 있었다.

"여기는 참 따뜻하네요."

"오, 그렇지. 태양과 가까이 있으니까."

"꽃도 벌써 피었고요."

"꽃은 태양을 사랑하니까. 태양도 물론 꽃을 사랑하지."

"벌들이 쏘지는 않나요?"

"오, 염려 마라, 아더. 네가 화나게 하지만 않으면 벌들은 절대 너를 쏘지 않는단다. 벌들을 화나게 하고 싶지는 않겠지, 아더?"

"절대 아니에요."

"그럴 줄 알았다."

"그런데, 있잖아요……."

앞서 걷던 클로이가 뒤를 돌아보며, 이야기하라는 듯 고개를 끄덕였다.

"꼭 그런 건 아니에요. 화나게 하려는 건 아니었는데 화를 내는 경우도 있어요. 말 잘 듣고, 숙제도 하고, 밥 먹을 때 흘리지 않고, 집 안에서 뛰지도 않았는데 화를 낼 때가 있어요."

"누가 그런단 말이냐?"

나는 대답 대신 말했다.

"구름이 껴 있어요. 저기, 분홍색 구름은 처음 봐요."

클로이는 내가 손가락으로 가리킨 쪽을 유심히 쳐다보다 말했다.

"저건 복숭아나무란다, 아더. 복숭아꽃이 핀 거야."

"복숭아꽃이라고요?"

"우리 집 마당에도 복숭아나무가 한 그루 있단다. 꽃이 지고 나면 초록 열매들이 맺히지. 여름이면 탐스러운 복숭아가 잔뜩 열려서 가지가 휠 정도야. 복숭아 따 먹어 본 적 있니, 아더?"

"엄마가 사 온 걸 먹어 본 적은 있어요."

나는 작은 소리로 대답했다.

조금 우울해졌다. 세상에는 내가 해 보지 못한 것이 너무 많다는 생각이 들었다. 말을 타 본 적도, 복숭아를 따 본 적도 없었다. 그렇지만 나는 이제 곧 보게 될 것이다. 탐스러운 갈색 갈기를 가진 천사 같은 말 미카엘과, 아직 열매는 맺지 않았지만 구름 같은 분홍색 꽃으로 뒤덮인 복숭아나무를 말이다. 가슴이 두근거렸다. 어서 클로이의 집에 도착하고 싶었다.

집은 불쑥 나타났다. 나는 실망한 기색을 감추느라 애썼다. 집은 작았다. 우리 동네에서 유일하게 잔디밭이 있는 집에 딸린 차고만 한 크기였다. 집 모양도 괴상했다. 꼭 버섯 같았다. 낮고 둥근 지붕이라 딱 그렇게 보였다. 자세히 보니 지붕 한쪽은 거의 무너져 앉았고 벽은 얼룩덜룩했다. 대문도 울타리도 없었다. 잡초가 우거지고 작은 나무들이 뒤엉켜 있는 마당 가운데로 클로이가 오가며 냈을 작은 길이 현관 앞까지 이어졌다.

클로이의 말대로 마당에는 연분홍 꽃이 탐스럽게 피어난 나무가 한 그루 서 있었다. 나무는 지붕 위로 가지를 드리우고 있었다. 바람이 불자 분홍색 꽃잎 몇 개가 하늘하늘 마당

142

으로 떨어져 내렸다.

"미카엘은 어디 있어요?"

나는 두리번거리다 물었다.

"미카엘? 아아, 미카엘. 그 아이는 밖에서 풀을 뜯고 있겠지."

나는 눈을 가느스름하게 뜨고 들판 멀리까지 바라보았다. 미카엘은 보이지 않았다.

"들어오려무나, 아더. 문은 열어 두고."

집 안에서 클로이의 목소리가 들려왔다. 나는 다가가서 열린 문틈으로 살짝 집 안을 들여다봤다. 나는 남의 집에 가 본 적이 별로 없었다. 친구들과는 늘 집 앞 골목에서 놀았다. 골목으로 난 2층 창문이 열리고 조용히 하라는 고함이 들리면 친구들과 함께 달아났다가 다시 골목으로 돌아와 놀곤 했다. 엄마는 친구들이 와서 놀기에는 우리 집이 너무 좁다고 했는데, 그건 친구들 집도 마찬가지였다. 나는 주뼛거리며 집 안으로 들어갔다. 클로이의 말대로 문은 열어 두었다.

방은 하나뿐이었다. 그릇이 쌓인 선반과 찬장이 놓여 있는 한쪽 벽부터 침대가 놓인 맞은편 벽까지 내 걸음으로도 몇 걸음 안 될 것 같았다. 가운데에는 식탁이 놓여 있었는데 그것이 집 안 대부분을 차지하고 있었다. 나뭇결이 그대로 살아 있는 식탁은 반들반들하게 윤이 났다. 식탁 주위에 모양과 높이가 각기 다른 의자가 열 개쯤 놓여 있어서 깜짝 놀랐다. 복도 끝에 사는 할아버지나 아래층에 사는 집주인 할머니처럼 클로이도 혼자 살 거라고 생각했기 때문이다.

"의자가 많네요."

"그런 편이지. 하지만 그것도 모자랄 때가 많단다."

클로이가 빙그레 웃으며 대답했다.

"혼자 사시는 줄 알았어요."

"난 평생 혼자 산 적이 한 번도 없단다."

나는 방 한쪽 구석에 놓인 침대를 물끄러미 바라보았다. 몸집이 작은 클로이도 겨우 누울 만큼 작은 침대였다.

"여기 와서 앉으렴, 아더. 아니, 그보다 먼저 바지를 갈아입어야겠구나."

클로이가 침대 옆에 있는 서랍장에서 꺼내 준 옷을 보고 나는 좀 망설였다. 그건 클로이가 입고 있는 원피스처럼 꽃무늬가 가득한 치마였다.

"허리를 좀 접어 입으렴, 아더. 내가 옷핀을 꽂아 주마."

클로이는 마치 옷의 문제가 길이와 허리둘레인 것처럼 말했다. 아래층 집주인 할머니처럼 클로이도 눈이 굉장히 나쁠지 모른다는 생각이 들었다. 아래층 할머니는 내가 인사를 해도 받아 준 적이 없었다. 대신 귀는 밝아서 늘 내게 시끄럽다고 야단을 쳤다.

어쨌든 옷은 갈아입어야 했다. 클로이는 치마가 내게 잘 어울린다고 했다. 게다가 참 예쁘다고까지 했다. 여기에 클로이 말고는 아무도 없는 게 천만다행이었다. 치마 입은 모습을 남들에게 보이느니 죽는 게 나을 것 같았다.

클로이가 내 바지를 들고 밖으로 나갔다. 나는 식탁 의자 하나에 앉아 창밖을 내다봤다. 문 옆에 난 큰 창에는 클로이의 옷과 비슷한 무늬의 커튼이 걸려 있었다. 빨강, 노랑, 주황, 초록, 보라……. 수도 없는 색색의 꽃들이 그려진 커튼을 통과한 햇살이 식탁에 아지랑이 같은 무늬를 그려 놓았다. 창으로 다가가 커튼에 눈을 바짝 대고 보니 바깥이 온통 무지갯빛으로 보였다. 눈이 어른어른해서 잠깐 감았다가 다시 떴다. 클로이가 복숭아나무와 집 처마에 연결된 줄에 내 바지를 너는 모습이 보였다.

"아더, 배고프지 않니?"

집 안으로 들어온 클로이가 물었다. 클로이의 말을 듣자 갑자기 배가 고파졌다. 그때까지 먹은 거라곤 시리얼 한 줌과 팝콘 한 봉지가 전부였다. 그리고 레모네이드 한 잔. 하지만 그건 오줌이 되어 나온 지 오래였다.

클로이는 내 대답을 기다리지 않고 선반이 가득 달려 있는 한쪽 벽으로 갔다. 클로이의 부엌에는 우리 집 부엌에 있는 냉장고나 전자레인지 같은 건 없었지만 우리 집에 없는 것이 있었다. 바로 벽난로였다. 나는 호기심에 차 벽난로로 다가갔다. 벽난로를 직접 본 건 처음이었다. 클로이가 기다란 쇠꼬챙이로 재를 들쑤시고 마른 잎과 나뭇가지를 던져 넣으니 바로 불이 일어났다.

클로이는 커다란 냄비를 불 위에 올렸다. 이내 맛있는 냄새가 집 안 가득 풍겼다. 클로이가 냄비 속을 국자로 몇 번 휘휘 저었다. 먹을 걸 어서 달라고 배 속이 요동치기 시작했다.

잠시 뒤, 수프가 가득 담긴 접시가 식탁 위에 놓였다.

"초록색 수프는 처음이에요."

"여러 가지가 들어 있지. 양배추와 셀러리, 감자, 버섯, 콩, 민트, 바질, 로즈메리, 고수와 월계수 잎. 다 우리 마당에서 난 거란다."

"직접 기르신 거예요?"

"얻은 거지. 산과 들이 준 거란다. 더 줄까? 네 몫이 조금 더 남아 있단다, 아더."

벌써 두 그릇이나 먹은 뒤였다. 그렇지만 나는 얼마든지 더 먹을 수 있을 것 같았다. 그건 내가 이제껏 먹어 본 중에 가장 맛있는 수프였다. 아직 냄비에는 며칠 동안 먹어도 될 만큼 수프가 넉넉히 남아 있었다. 그렇긴 해도 너무 욕심 많은 아이처럼 보이고 싶지 않아 좀 망설이다 말했다.

"조금 더 주셔도 좋을 것 같아요. 참 맛있어요. 엄마가 끓여 준 거랑은 다르지만."

"오오, 그렇지. 집집마다 수프 맛은 다 다르게 마련이지. 엄마 손맛이 다르니까."

엄마가 수프를 끓여 준 게 언젠지 기억도 나지 않았다. 밤늦게 돌아오는 엄마 손에는 식당에서 팔고 남은 음식이 들려 있곤 했다. 아버지와 나는 그것을 데워 먹거나 엄마가 싱크대 맨 아래 서랍에 넣어 둔 돈으로 피자를 시켜 먹었다.

클로이가 수프를 뜨는 것을 지켜보다가 깜짝 놀랐다. 열린 문틈으로 뭐가 쓱 들어와 클로이의 다리에 매달렸기 때문이다. 고양이였다. 까만 바탕에 하얀 털이 밤하늘의 별처럼 점점이 박힌 고양이. 털은 윤기가 흐르고 매끈했다. 고양이는 클로이의 다리에 몸을 비벼 댔다.

그다음에 일어난 일은 더 놀라웠다. 고양이가 줄줄이 집 안으로 들어온 것이다. 고양이들은 클로이를 에워쌌다. 하얀색, 검은색, 푸르스름한 회색, 줄무늬, 호랑이무늬. 그뿐이 아니었다. 그 뒤로 크고 작은 대여섯 마리의 개들이 뒤따라 들어와 클로이에게 꼬리를 흔들었다. 우리 동네 골목을 돌아다니는 고양이와 개들과 달리 다친 데도, 털이 빠진 흔적도 하나 없었다. 더구나 마치 친구처럼 서로 사이좋아 보였다. 고양이와 개는 톰과 제리처럼 사이가 나쁘다고 알고 있던 나는 잠시 어리둥절해졌다.

"너희 왔구나. 웬디, 진저, 조슈아, 대니얼……."

클로이는 국자로 하나하나 가리키며 이름을 불렀다. 그러자 마치 대답이라도 하듯 갸르릉, 야옹, 왕왕 하는 소리가 클로이를 둘러싼 무리 속에서 터져 나왔다.

"피터는 어디 있지? 또 다람쥐한테 정신이 팔린 모양이구

나. 오늘은 손님이 있단다. 모험을 좋아하는 꼬마 신사지. 자,
다들 제자리에 앉아라."

클로이의 말이 떨어지자마자 믿을 수 없는 일이 벌어졌다.
고양이와 개들이 식탁으로 몰려와 의자 위로 기어올라 앉았
다. 마치 클로이의 말을 알아들었다는 듯이. 모두 의젓하게 한
자리씩 차지했는데, 딱 한 마리, 제일 작은 고양이만 갸르릉
소리를 내며 식탁 밑을 맴돌았다. 그러다 고양이는 내 발치에
앉아 푸른색 눈동자로 나를 빤히 올려다보았다. 하얀 털이 긴
귀여운 고양이였다. 고양이는 불만스러운 표정으로 나를 향해
야옹거렸다. 그 순간 깨달았다. 내가 차지한 의자가 바로 그
작고 하얀 고양이의 자리라는 것을 말이다.

엉거주춤 일어나려던 순간, 너무 놀라서 그대로 주저앉았
다. 어찌나 놀랐는지 또 오줌을 쌀 뻔했다. 하얀 고양이가 내
무릎 위로 훌쩍 올라앉은 것이다. 나는 얼어붙은 듯 꼼짝도
할 수 없었다. 고양이가 내 무릎에 앉은 건 처음이었다. 이제
까지 내가 본 고양이들은 다가가기만 해도 얄미울 정도로 재
빠르게 도망쳤다. 가까스로 고개를 벽난로 쪽으로 돌리자 클
로이는 빙긋 웃어 보이고는 수프를 뜨기 시작했다.

클로이는 고양이와 개들 앞에 접시를 하나씩 놔 주었다.
접시에는 내가 방금 먹었던 초록색 수프가 담겨 있었다. 모
두에게 접시가 돌아가자 다들 정신없이 제 몫의 수프를 핥아
먹었다. 내 무릎에 앉은 고양이도 작은 분홍색 혀로 수프를

148

할짝거렸다. 작고 연약한 뼈가 움직이는 것이 생생하게 느껴졌다. 고양이가 수프를 먹는 데 방해가 될까 봐 나는 숨도 크게 쉬지 못했다. 클로이는 내 앞에도 수프 그릇을 새로 놓아 주었다.

"의자가 부족하다고 했잖니."

클로이는 빙그레 웃으며 말했다.

클로이가 내 옆에 앉아 있는 고양이를 안아 무릎에 얹더니 털을 쓰다듬었다. 맨 처음 집에 들어온 고양이였다. 고양이는 기분이 좋은지 눈이 가늘어졌다. 나도 내 무릎 위의 하얀 고양이를 살살 쓰다듬어 보았다. 고양이는 내 손에 몸을 맡기더니 아예 몸을 웅크려 누웠다. 솜뭉치처럼 부드럽고 따스했다.

"아주 작아요."

"태어난 지 한 달쯤 됐지. 진저란다. 내가 안고 있는 웬디의 딸이지. 아버지는 아마 피터일 거야. 피터가 다람쥐를 잡으면 꼭 웬디에게 가져다주거든. 불쌍하게도 어린 진저는 다람쥐를 보면 깜짝 놀라 도망가기 바쁜데 말이야. 피터는 아마 지금도 다람쥐를 쫓아다니고 있을걸."

"굉장히 많이 기르시네요."

"기르다니!"

클로이는 깜짝 놀란 듯 말했다.

"아니란다, 아더. 이 아이들은 내 손님이란다. 산과 들이 이 아이들의 집이지. 식사 때면 내 집을 찾아와 잠시 머물다 가곤 해. 늘 온단다."

"날마다 온다고요?"

클로이는 미소 지으며 고개를 끄덕였다.

"하지만 가끔 모습을 보이지 않는 애들이 있지. 그러다 어느 날 불쑥 다시 나타난단다. 조금 야위기는 했지만 이전보다 훨씬 힘이 넘쳐서 돌아와. 나는 알고 있지. 그 녀석들은 여행을 떠났다가 돌아온 거야. 마치 누구처럼."

클로이가 내게 한쪽 눈을 찡긋해 보였다.

"전 한 번도 여행해 본 적이 없는걸요."

나는 어깨를 움츠리며 작은 목소리로 말했다.

"무슨 소리니, 아더. 네가 오늘 여기까지 온 건 뭐지?"

"아아, 무슨 말인지 알겠어요. 그러니까 내가 여행을 떠났다는 거죠?"

"그래, 여행을 떠난 거지. 용감한 꼬마 신사 혼자서 말이야."

"그럼 이게 제 첫 번째 여행이네요."

"그렇구나."

"또 와도 될까요?"

클로이는 살며시 웃기만 했다.

"고양이랑 강아지들이 참 귀여워요. 또 보러 오고 싶어요."

클로이는 식탁을 한 번 둘러보고 내 말이 맞다는 듯 고개를 끄덕여 보였다.

"저도 집에서 동물을 키워 보고 싶었어요. 작은 강아지 같은 거요. 그런데 오늘 보니 고양이도 좋을 것 같아요. 참 착하고 예뻐요. 하지만 우리 집에서 기를 수는 없을 거예요. 옛날에 한 번 길에서 강아지를 주워 집에 데려갔다가 아버지한테 맞았거든요. 아, 아니, 많이 맞지는 않았어요. 아버지가 그러는 건 가끔, 아주 가끔이에요. 내가 말을 안 들었을 때만요. 아버지는 요새 기분이 별로 안 좋거든요. 그럴 때는 화가 나기 쉽잖아요. 아버지를 화나게 한 제가 잘못이죠. 아버지 대신 엄마가 일을 나가야 해서 아버지 기분이 별로 안 좋은 것 같아요. 저도 엄마가 집에 없는 게 싫거든요. 그래서 아버지는 술을 마시는 것 같아요. 어른들은 기분이 안 좋을 때 술을 마시잖아요, 그렇죠?"

클로이는 대답 대신 내 머리를 가만히 쓰다듬었다. 나는 클로이가 안고 있는 고양이를 내려다봤다. 잠든 웬디의 둥근 등이 아주 작게 오르락내리락했다. 나는 고양이와 개들이 클로이를 좋아하는 이유를 알 것 같았다. 클로이의 손은 무척이나 부드러웠다. 깃털 같은 감촉이 내 머리를 어루만지자 기다렸다는 듯이 졸음이 밀려들었다.

"저기, 클로이. 미카엘은요?"

"미카엘은 풀을 실컷 뜯고 나서 밤이 돼야 돌아온단다."

"밤은 아직 멀었죠?"

"아직 태양이 높이 떠 있구나."

"그런데, 있잖아요. 미카엘은 서서 잠을……."

나는 몇 마디 더 중얼거렸던 것 같고 클로이가 뭐라고 대답해 준 것 같았지만 잘 기억나지는 않는다. 기억나는 거라곤 내 몸이 둥실 허공에 떴고 이내 푹신한 곳에 눕혀졌다는 거다. 부드럽고 따스한 손길이 내 이마를 몇 번 쓰다듬는 걸 얼핏 느끼면서 나는 깊은 잠에 빠져들었다.

깨어났을 때 집 안은 노란 햇살 속에 잠겨 있었다. 태양이 산 뒤로 숨기 전에 뿌려 주는 빛이었다. 햇살이 노랗게 변하고 그림자가 길어지면 엄마가 창문에서 나를 부르곤 했다. 저녁 먹어야지, 아더. 엄마가 그렇게 외치면 친구들에게 손을 흔든 뒤 집으로 뛰어갔다. 이제 클로이의 집을 떠나야 할 때라는 걸 나는 알았다.

나는 작은 침대에서 몸을 일으켰다. 클로이는 의자에 등을 기댄 채 잠들어 있었다. 고양이와 개들은 모두 사라지고 없었다. 수프 그릇도 모두 치워져 있었다. 벽난로의 불은 꺼졌고 냄비도 걸려 있지 않았다. 모든 것이 멈춰 있었고 집 안은 조용했다.

창밖으로 빨랫줄에 걸린 내 바지가 보였다. 나는 밖으로 나가 바지를 걷었다. 줄이 흔들리자 연분홍 꽃잎이 눈처럼 고요히 마당에 내려앉았다. 바지는 잘 말라 있었다. 나는 복숭아나무 너머 들판을 바라보았다. 들판에 움직이는 것은 없었다. 나는 미카엘을 보지 못할 것을 알았다. 처음부터 미카엘은 없었을지도 모른다고 나는 생각했다.

옷을 갈아입고 문을 나서기 전에 잠깐 뒤돌아봤다. 클로이는 여전히 잠이 든 채였다. 혹시 잠든 척하는 게 아닐까 하는 생각이 들었다. 하지만 클로이는 오래전부터 그래 왔다는 듯, 눈을 감고 꼼짝도 하지 않았다. 의자가 열 개도 넘는 넓은 식탁 한가운데 홀로 앉아 있는 클로이는 아까보다 더 몸집이 작아 보였다.

그 순간, 공원 우리 속의 동물들이 떠올랐다. 버려지고 늙고 지친 동물들. 곤히 잠든 클로이는 그 동물들과 비슷하게 보였다. 잠깐 구경거리가 되었다 이내 잊히는 동물들. 그래서 나는 동물들이 좋았다. 나만이 그들의 친구인 것처럼 느껴졌다. 내가 떠나면 클로이는 또다시 혼자가 될 것이다. 아니, 클로이는 혼자가 아니다. 고양이와 개들이 있지 않은가.

나는 그렇게 생각하면서도 망설였다. 집 안을 둘러보았다. 맛있는 수프와 무릎 위에서 느껴지던 고양이의 부드러운 감촉이 생생하게 떠올랐다. 그리고 내 머리를 쓰다듬어 주던 클로이의 손길을 기억하자 눈물이 차올랐다. 잠든 클로이의 무릎에 얼굴을 묻으면 클로이는 그 따스한 손길로 내 머리를 쓰다듬어 주리라. 나는 클로이의 집을 떠나고 싶지 않았다. 클로이의 곁에서 다시 한 번 그 모든 마법 같은 순간을 맛보고 싶었다. 아니, 이 따스하고 평화로운 곳에 영원히 머무르고 싶었다.

그럴 수 있었다. 돌아가지 않을 수도 있었다. 하지만 나는 마치 누가 나를 기다리기라도 한다는 듯이 서둘러 클로이의 집을 떠났다. 어린아이가 누릴 수 있는 행복과 순수한 기쁨이 가득한 그 공간에 머무는 것이 잘못이라도 되듯 재빨리 도망쳐 나왔다.

산에서 내려오자 밤이 시작되었고, 나는 사람들에게 물어 집으로 가는 버스에 탔다. 혼자 버스를 탄 건 그때가 처음이었다. 버스 안에서 나는 조금 울었던 것 같다. 다시는 돌아가지 못할 곳에 다녀왔다는 것을, 그때 나는 어렴풋이 알았던 것 같다.

왈칵 방문이 열렸다. 고개를 돌리자 문틀에 기대선 아버지가 맥주를 사 오라고 했다. 숙제하는 중이라고 했더니 아버지는 비틀거리는 걸음으로 다가와 단숨에 내 멱살을 잡아 일으켰다. 내가 일어서자 같은 위치에서 아버지와 눈이 마주쳤다. 나는 아버지의 눈을 똑바로 쳐다봤다. 그러자 빨갛게 충혈된 눈은 나를 피했고 멱살을 쥔 손아귀 힘도 풀렸다. 대신 아버지는 내 책을 집어 창을 향해 던져 버렸다. 유리가 깨진 지 오래된 창틀 사이로 책은 소리 없이 떨어졌다.

나는 싱크대 맨 아래 서랍을 열고 지폐 몇 장을 꺼내 주머니에 쑤셔 넣고 집을 나왔다. 입김이 하얗게 뿜어져 나왔다. 날씨가 추워서 그런지 거리에는 사람이 거의 없었다. 중국 식당 옆에 있는 가게는 밤늦게까지 문을 열었다. 주인은 눈이 침침한 할아버지인데, 신분증을 보여 주지 않아도 맥주를 살 수 있었다.

우리 집은 몇 번이나 이사했고, 어렸을 때 갔던 공원과는 점점 더 멀어졌다. 이제 그 공원에는 다시 갈 수 없다. 오래전에 사라졌기 때문이다. 지금은 그 자리에 높은 건물들이 들어서 있다. 나는 종종 공원의 동물들은 어디로 갔을까 생각하곤 했다. 엄마 원숭이 줄리, 은빛 여우 스노, 그리고 내가 제일 좋아했던 조랑말 힝키. 나는 어딘가에서 그 동물들이 아직도 조용히 살고 있으리라 생각한다. 그리고 클로이도.

나는 머릿속에 한 장면을 떠올려 본다. 어느 날 한 아이가 버섯 모양의 작은 집을 우연히 방문해 고양이와 강아지들 사이에 끼어서 내가 앉았던 의자를 차지하고 맛있는 수프를 먹는 장면이다. 아이는 배가 부른 채 작은 침대에 누워 클로이의 부드러운 이불을 덮고 잠이 든다. 그리고 깨어나서 집으로 돌아가지 않고 그 따스하고 평화로운 클로이의 집에 영원히 머물고 싶다고 말하는 거다. 아기 고양이 진저를 품에 안고 아이는 미소 짓고 있다. 클로이의 부드러운 손이 아이의 머리를 쓰다듬으면 아이는 술에 취한 아버지의 주먹과 욕설, 지치고 가난한 어머니, 고독하고 차가운 집과 같은, 자신을 두렵게 만드는 모든 것을 잊는다. 따스하고 포근한 그 집에서 아이는 행복한 아이만이 낼 수 있는 맑고 높은 웃음을 터뜨린다. 그 아이는 내가 아니다. 하지만 비슷해 보이기도 한다.

거리가 부옇게 흐려졌다. 꽃잎 하나가 눈앞에 살포시 떨어졌다. 고개를 들어 보니 검은 하늘에서 눈송이가 하늘하늘 떨어지고 있었다. 눈송이는 클로이의 집 마당에 있던 복숭아나무에서 떨어지는 꽃잎처럼 조용히 바닥에 내려앉았다가 이내 사라졌다. 아이들은 아직 아무도 돌아오지 않았다.

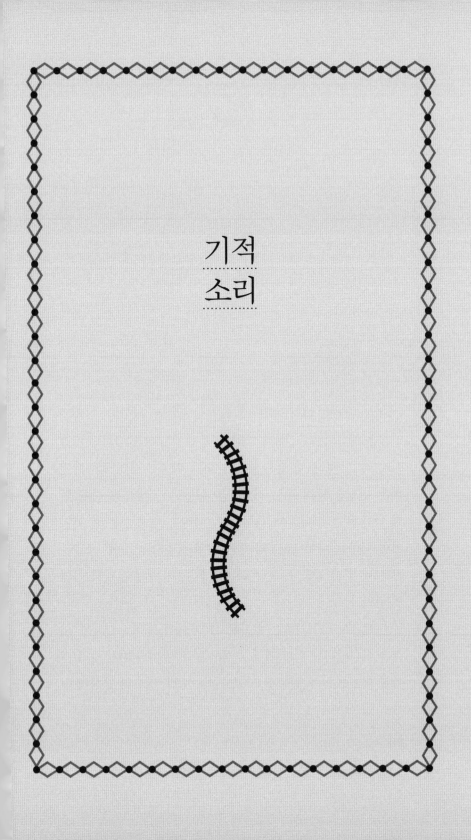

기적
소리

*

나는 시골로 이사 가는 게 좋지도 싫지도 않았다. 그렇게 시골은 아니야, 하고 아빠는 말했다. 엄마는 서울 아니면 시골이지, 하고 잘라 말했다. 엄마는 내가 밖에서 울고 들어오면 화는 내지만 달래 주는 사람은 아니었다. 지방으로 발령 난 게 당신 탓은 아니잖아, 라는 말을 아빠는 듣고 싶은 것 같았지만 엄마는 아무 말도 해 주지 않았다. 따지고 보면 조금은 아빠 탓인 것 같았고, 조금 더 생각해 보니 누구의 탓도 아닌 것 같았다.

한 달 후 우리 가족은 이사를 했다. 아빠 말대로 그렇게 시골은 아니었지만 엄마 말대로 서울은 분명 아니었다. 새로 전학한 학교는 전에 다니던 학교와 비슷했다. 비슷한 교실에 비

숫한 급식이 나왔고 심지어 선생님마저도 비슷해 보였다. 반 아이들의 사투리가 좀 낯설었지만 재미있게 들릴 때도 있었다. 좋지도 싫지도 않았다.

새로 이사한 집은 전에 살던 곳보다 조금 평수가 넓어졌을 뿐, 역시 비슷해 보이는 아파트였다. 다른 점이라면 내 방 창 바로 아래로 선로가 보인다는 거였다. 기차는 다니지 않았다. 대신 선로 양옆으로 지붕들이 다닥다닥 붙어 있어서 내려다보면 꼭 레고로 만든 기차 마을처럼 보였다.

선로 옆 마을에 가게 된 건 4월 초, 병원에서 돌아오던 길이었다. 어릴 때부터 나는 알레르기 비염을 앓았다. 꽃가루가 날리는 봄에는 특히 더 심했다. 토요일 오전에는 이비인후과 가기, 그것이 봄철의 중요한 일과였다. 새로 이사 온 집에서 걸어갈 만한 위치에 병원이 있었다. 처음 한 번만 엄마와 함께 가고 그 뒤로는 혼자 병원에 다녔다. 약봉지를 주머니에 넣고 집으로 돌아올 때였다. 봄 햇살이 따스하게 내리쬐었다. 집으로 가다가 나는 걸음을 돌렸다. 조금 걷자 선로가 나타났다.

선로는 가지런히 뻗어 있었다. 기차가 다니지 않는데도 선로는 거의 녹슨 곳 없이 깨끗했다. 비죽비죽한 자갈들로 메워진 부목 사이로 키 작은 노란 꽃이 종종 피어 있었다. 내 방 창가에서 내려다보던 집들은 실제로 보니 오래 가지고 논 레고 장난감처럼 낡고 허름했다. 작다는 것은 가까이에서 봐도 변함이 없었다. 집들은 선로에 바짝 붙어 있었다. 문에서 선로까지는 겨우 한 걸음. 어느 집에도 담 같은 건 따로 없었다. 문을 열면 바로 선로였다. 만일 기차가 온다면 말 그대로 코앞을 스쳐 지나간다. 생각만 해도 아찔했다. 하지만 지금은 기차가 다니지 않으니 그런 염려는 쓸데없는 것이었다.

주위는 고요하고 오가는 사람 하나 보이지 않았다. 귀를 기울여 봐도 집 안에서 흘러나오는 어떠한 소리도 없었다. 하지만 빈집들은 아닌 것 같았다. 사는 이들의 흔적이 간혹 보였다. 잘 닦아 윤기가 도는 장독들과 푸릇하게 돋아난 싹이 나란히 줄을 맞추고 있는 나무 궤짝, 하얀 철쭉이 피어난 화분들이 집 앞에 가지런히 놓여 있었다. 선로와 집 사이, 한 걸음쯤 되는 공간은 기찻길 동네 사람들의 마당인 셈이었다. 처마 밑으로 늘어진 줄에는 빨래가 널려 있었다. 꽃무늬 치마와 평퍼짐한 팬티와 짝을 맞춰 널어놓은 양말들이 바스락 소리가 날 만큼 잘 말라 있었다. 마치 몇십 년 동안 내걸려 있었던 것처럼 보였다.

문득 용암과 재에 덮인 폼페이의 유적지가 떠올랐다. 생생한 모습 그대로 굳어 버린 사람들이 집 안에서 숨죽여 나를 바라보고 있는 게 아닐까, 하는 생각이 들자 문득 가슴이 두근거렸다. 눈동자만 조용히 좌우로 돌리며 선로를 향해 마저 걷기 시작했다. 그러다 나는 어, 하며 우뚝 멈춰 섰다. 눈앞에 낯익은 얼굴이 나타났다. 우리 반 아이였다. 이름은 기억나지 않았다.

나는 기억을 잘 못 하는 편이다. 특히 사람 이름이나 얼굴을 기억하는 데 젬병이었다. 사실 늘 보는 얼굴도 흐릿했다. 예컨대 지금 내게 엄마 얼굴을 그려 보라고 하면 진한 갈매기 눈썹이나 언제나 한결같은 단발머리 정도만 떠오를 뿐, 다른 건 도무지 기억나지 않는다. 아니, 잘 생각해 보니 엄마는 얼마 전에 파마를 한 것 같다. 아니, 파마에서 단발로 바뀌었나? 그런 식이다. 모든 게 희미하고 뒤죽박죽이다. 옛날에 일어났던 일들은 두말할 나위도 없다. 과거가 없는 남자, 그게 나였다.

물론 내게도 몇 가지 단편적인 기억은 있다. 유치원 생일잔치라든가, 처음 산 두발자전거, 초등학교 체육대회 때 달리기로 상을 받았다든가 하는 기억이다. 심지어 나는 돌상에서 연필이나 돈 대신 떡을 집어서 기대에 차 있던 어른들을 당황시켰다는 것마저 기억한다. 그런데 솔직히 말하면 그게 정말 나의 기억인지 잘 모르겠다. 그것들은 앨범 속에 끼워져 있는 장면들이었다. 사진으로 찍히지 않은 것들에 관한 기억은 하나도 남아 있지 않다. 유치원 때 내가 좋아해서 집에 있는 장난감을 죄다 갖다 바쳤던 여자아이가 있었다는 건 엄마에게 하도 들어서 귀에 딱지가 앉을 정도지만, 그 여자아이 얼굴은 전혀 생각나지 않는다.

그런데 이런 기억이 있다. 초등학교 1학년 때 내가 자주 놀러 가던 집이 있었다. 같은 반 친구의 집이었다. 계단이 가파른 육교를 지나서 가야 하는 친구네 집은 작은 마당이 딸린 하얀 건물이었다. 또렷이 기억나는 건 스테인드글라스 창이 끼워진 현관문이다. 거실에 앉아 있으면 색유리를 통과한 햇살이 마룻바닥에 닿아 무지개처럼 빛났다. 그 빛을 따라 친구와 나는 구슬치기를 하며 놀았다. 친구 집에는 하얀 레이스 손뜨개를 씌운 피아노도 있었다. 친구는 자기는 피아노를 못 친다며 수줍게 웃었다.

하지만 그 친구의 얼굴은 안개에 싸인 듯 부옇다. 물론 이름도 기억나지 않는다. 1학년 때만 같은 반이었는지 그 뒤로는 함께 논 기억이 없다. 언젠가 엄마에게 그 친구에 대해 물어본 적이 있다. 엄마는 무슨 소리냐고 했다. 나는 늘 학교가 끝나면 바로 집으로 돌아왔다고 했다.

그렇다고 내 머리가 특히 나쁘거나 암기력이 떨어지는 건 아니다. 마음먹고 공부를 하면 성적은 그런대로 잘 나왔기 때문이다. 사람 이름이나 얼굴을 잘 기억하지 못한다는 게 그리 큰 문제는 아니었다. 어차피 살면서 이름을 기억해야 할 놈은 몇 명 안 되니까 말이다. 지난 일을 기억하지 못한다고 큰일 날 일도 없다. 누가 예전 이야기를 하면 고개를 끄덕이며 대충 맞장구치면 됐다. 내가 기억력이 나쁘다는 것은 아무도 알아채지 못했다.

장독과 화분처럼 그 아이는 집과 선로 사이에 조용히 앉아 있었다. 다시 한 번 이름을 기억하려 애써 봤지만 소용없었다.

아무튼 나하고 같은 반인 건 확실했다. 명찰이 박힌 교복을 입고 있었더라면 좋았을 텐데, 아이는 목 부분이 늘어난 흰색 티셔츠에 헐렁한 트레이닝팬츠를 입고 있었다. 그 애는 등받이 없는 동그란 의자에 앉아 있었다. 벽에 등을 기대고 다리는 선로 위에 걸쳐 놓은 상태였다. 눈은 선로 건너편 벽을 향하고 있었다. 그 시선을 따라가 보니 맞은편 집 처마 밑에 걸려 있는 새장이 보였다. 노란 새 두 마리가 새장 안에 앉아 있었다.

"아아."

그 애는 나를 발견하고는 한숨인지 하품인지 모를 소리를 냈다.

"알을 낳았는데 다 깨 버렸다. 어미가 그런 건지 수놈이 그런 건지 모르겠네."

나한테 말하는 건지 아니면 저 혼자 하는 말인지, 그 애가 중얼거렸다.

"알을 낳았어?"

"며칠 전에 세 개 낳았는데 다 깨 놓았더라. 왜 그랬을까?"

내가 알 턱이 없었다.

그 애는 또 한참을 새장만 바라봤다. 그러고 보니 교실에서도 그렇게 앉아 있었던 것 같다. 의자에 등을 비스듬히 기대고 다리를 길게 펴고, 마치 세상 돌아가는 건 아무 상관없다는 듯한 표정을 짓고 있었다. 그 애 자리는 창가 옆, 맨 뒷자리였다. 내 자리도 맨 뒤였다. 그 애와 나 사이에는 책상이 두세 개쯤 놓여 있었다.

"새가 제 알을 깼다면, 음......, 스트레스 같은 것 때문일까?"

내 말에 그 애가 씩 웃었다. 나는 쉬운 질문에 오답 버튼을 누른 것처럼 멋쩍어졌다.

"여기 살아?"

내가 물었다.

"밥 먹었냐?"

그 애가 물었다.

아침이라면 먹었지만 점심을 먹기에는 이른 시간이었다. 그애는 내 대답을 기다리지도 않고 벌떡 일어나 사라졌다. 의자바로 옆에 푸른색 문이 있었다. 집 벽은 하얀색이었다. 열어놓은 문 앞으로 뭐가 달랑거렸다. 다가가 보니 동그란 손잡이에 가죽 끈이 걸려 있고, 줄 끝에는 카메라가 달려 있었다. 아주 오래된 카메라였다. 들어와, 하는 소리가 안에서 들렸다.

정말 들어가도 되는 걸까, 하며 새장을 한번 쳐다보았다. 카나리아나 잉꼬. 내가 아는 애완용 새의 이름은 그 정도였다. 둘 다 아닐 수도 있다. 낳은 알을 다 깨 버렸다는데도 새는 아무 일 없다는 듯, 새장 안에 걸쳐 놓은 철사 위에 한가로이 앉아 있었다. 나는 주위를 둘러보았다. 아무도 보이지 않았다. 말간 햇살만 선로 위를 달리고 있었다. 나는 열린 문 사이로 들어갔다.

"계란 넣어?"

그 애가 젓가락으로 냄비 속을 휘휘 저으며 물었다.

"어어."

어정쩡하게 대답하니 그 애는 탁탁, 솜씨 좋게 달걀 두 개를 깨 넣었다.

집 안에 들어서자 신발을 벗는 작은 현관이 나오고, 현관보다 한 뼘쯤 돋워진 높이로 마루가 깔려 있었다. 그 애는 구석에 있는 가스레인지 앞에 서 있었다. 나는 신발을 벗고 마루 위로 올라갔다. 그곳은 거실 겸 부엌이자 식당인 모양이었다. 마루는 짙은 색 나무였는데 먼지가 보얗게 앉아 있었다. 마주 보이는 싱크대 위에는 씻지 않은 그릇과 라면 봉지와 빈 통조림 캔 따위가 흩어져 있었다. 싱크대 옆으로 벽을 따라 책들이 크고 작은 탑을 이루고 있었다. 잡지와 만화책, 두툼한 양장본 책이 두서없이 쌓여 있었다. 제목을 알아볼 수 없을 정도로 낡은 책이 대부분이었다.

그 애가 뒤돌아보더니 내게 앉으라는 눈짓을 했다. 마루 가운데에 펼쳐 놓은 둥근 상 위에 책과 과자 봉지가 너저분하게 널려 있었다. 내가 상 앞에 앉자 그 애가 상 위에 있는 것들을 손으로 쓸어 냈다. 그러더니 밑에 떨어진 책들 중에서 한 권을 집어 상 가운데에 턱 올렸다. 그리고 그 위에 냄비를 얹었다. 먹으란 말도 없이 저 먼저 냄비 뚜껑에 라면을 덜어 후루

룩거리며 먹기 시작했다. 나도 내 앞에 놓아 준 그릇에 라면을 덜었다. 둘이 마주 앉아 묵묵히 냄비를 비웠다. 다 먹고 나자 그 애는 냄비를 치우고 냉장고에서 음료수를 한 잔 따라 주었다. 연한 분홍색이었다.

나는 딸기 맛이 나는 것들을 싫어했다. 딸기 자체는 괜찮았다. 이를테면 생크림 케이크 위에 얹은 딸기는 먹었지만 딸기 색소로 덮인 케이크는 먹지 않았다. 딸기 향이 나는 주스, 아이스크림, 사탕, 껌 등은 질색이었다.

유리컵을 들어 입에 댔다. 딸기 향은 나지 않았다. 나는 봄철에는 냄새를 잘 맡지 못했다. 한 모금 마시니 달달한 맛만 느껴졌다. 홀짝거리며 잔을 반쯤 비웠을 때 그 애가 일어나더니 창문을 열었다. 선로를 향해 난 작은 창으로 바람 대신 마른 햇살이 쏟아져 들어왔다. 창 아래로는 작은 화분 몇 개가 나란히 놓여 있었다. 모두 난이었다. 꽃도 피지 않고 잎은 거의 시들어 있었다.

"할아버지가 키우는 거야."

키운다기보다는 방치한 모양새였다. 그 애가 불투명한 유리가 끼워져 있는 문을 눈으로 가리켰다. 비가 흐르는 창처럼 어룽거리는 유리문 안으로 방 안이 희미하게 보였다. 누가 누워 있는 것 같았다.

"인사…… 드려야 하지 않아?"

"주무셔."

그 애는 바닥에서 만화책 한 권을 집어 책장을 넘겼다. 난 감했다. 라면을 다 먹었으니 이제 가야 하는 건가, 아니면 조금 더 앉아 있어야 하는 건가. 어색한 침묵만 흘렀다. 그 애는 내가 옆에 있다는 것도 잊은 듯 만화책에 열중해 있었다. 하는 수 없이 나도 바닥에서 만화책 한 권을 집어 읽기 시작했다.

"야, 바꾸자."

한참 뒤에 그 애가 말했다. 나는 들고 있던 만화책을 건네며 물었다.

"여기 오래 살았어?"

"태어났을 때부터 쭉."

"진짜 여기로 기차가 다녔어?"

"응. 얼마 전까지 다녔지."

"소리 굉장했겠다."

그 애가 씩 웃었다.

"난 기차 소리가 나는지도 몰랐다."

혹시 귀에 문제가 있는 게 아닌가 싶었지만, 내 말을 잘 알아듣는 걸 보면 그건 아닌 모양이었다.

"날 때부터 맨날 듣던 소리여서 시끄러운지도 몰랐어. 텔레비전이나 라디오 소리 같았지, 뭐. 다른 집들도 다 그런가보다 했어."

"기차가 자주 다녔어?"

"하루에 여덟 번 다녔어. 집이 덜컹거리긴 하더라."

그 애가 또 씩 웃었다.

"선로가 우리 놀이터였거든. 놀다가 기차가 오면 좀 귀찮았
지. 선로 위에 얹어 놓은 딱지 같은 걸 치워야 했으니까. 그렇
지만 그것도 재밌었어. 기차가 언제쯤 오는지 대충 알거든. 기
차 올 때가 되면 선로에 귀를 대고 기다리는 거야. 선로가 바
르르 떨리기 시작하면 선로 위에 못이나 깡통을 올려놓고 벽
에 바짝 달라붙어 섰어. 그때 기차가 눈앞으로 지나가는 거야.
기차 탄 사람들이 똑똑히 보여. 죄다 창문에 달라붙어서 우릴
바라봤지. 손을 흔드는 사람도 있었고. 우리는 기차가 얼른 지
나가기만을 기다렸어. 깡통이랑 못이 어떻게 됐는지 보고 싶
었거든."

"납작해져 있었겠지?"

그 아이는 싱긋 웃었다.

"아니, 사라지고 없었어."

"없어졌어?"

"응. 늘 사라졌어. 우리는 깡통이랑 못이 기차랑 함께 멀리
갔다고 생각했지."

그 애가 사라진 깡통과 못의 행방을 쫓듯 눈을 돌려 창밖을
바라보았다. 나도 고개를 돌려 창 쪽을 올려다봤다. 맞은편 집
의 지붕과 한 뼘 정도의 푸른 하늘만 보일 뿐이었다.

"그런데 어느 날부터 하지 않게 됐어. 어떤 애가 강아지를
선로 위에 묶어 놨거든. 제가 기르던 건 아니고 어디서 주운

강아지였어."

"어떻게 됐어?"

나는 대답을 알 것 같으면서도 물었다.

"기차가 강아지는 데려가지 않는다는 걸 알았지. 산산조각이 나 있더라. 선로 위에 털이랑 살점들이 휴지 조각처럼 널려 있었어. 그 주변 벽에도 온통 피가 튀어 있었어. 어른들한테 된통 혼났지. 그 뒤로 한동안 선로에서 놀지 않았어. 더 마실래?"

그 애가 내 앞에 놓인 컵을 눈으로 가리키며 물었다. 나는 고개를 끄덕였다. 그 애가 냉장고에서 음료수 팩을 꺼내 왔다. 팩에 복숭아 같은 것이 그려져 있었다. 내게 따라 주더니 자기 컵에도 음료수를 채워 마셨다. 꿀꺽꿀꺽 소리를 따라 그 애의 목울대가 위아래로 움직였다.

그러고 보니 내가 왜 딸기 향을 싫어하는지 생각났다. 어릴 때 병원에서 주던 물약이 딸기 맛이었다.

처음 이비인후과에 갔을 때 나는 뒤로 젖히는 의자에 앉혀졌다. 소리 없이 의자가 뒤로 넘어가자 몸이 공중에 붕 뜬 기분이었다. 내 얼굴 위로 떨어지는 불빛을 쳐다보고 있으니 어질어질한 느낌이 들었다. 그런데 갑자기 내 콧구멍 속으로 차갑고 길쭉한 것이 쑥 들어왔다. 나는 움찔하며 몸을 버둥거렸다. 하얀 마스크를 쓴 의사 선생님은 괜찮아, 괜찮아, 하고 말했다. 하지만 기계가 인정사정없이 콧구멍 속으로 깊숙이 들어왔다. 그런데 그게 다가 아니었다. 의사 선생님은 내 콧구멍에 물약을 집어넣었는데 물약이 코에서 목구멍으로 넘어갔다. 딸기 맛이 났다. 그때부터인 것 같다, 딸기 맛을 싫어하게 된건. 이제 생각이 났다.

그 애는 음료수를 또 한 잔 따라 마셨다. 정말 맛있다는 표정이었다. 나도 컵을 들어 음료수를 마셨다. 유리컵 바닥 너머로 그 애 얼굴이 부옇게 보였다. 하얗고 갸름한 얼굴에 눈이 옆으로 길고 가늘었다. 어디선가 본 얼굴이라는 생각이 들었다. 같은 반이니 당연했다.

그 애가 갑자기 벌렁 드러누웠다. 그러더니 몸을 좌우로 흔들었다.

"쿨렁쿨렁해."

"소 된대. 먹고 바로 누우면."

"그래? 소 되나 한번 보자. 너도 누워 봐."

그 애가 한쪽으로 몸을 비키며 바닥을 탁탁 손바닥으로 쳤다. 먼지 앉은 바닥에는 과자 부스러기까지 잔뜩 흩어져 있었다. 나는 손바닥으로 바닥을 좀 쓸어 내고서 그 애 옆에 나란히 누웠다. 그 애는 두 손으로 깍지를 껴서 머리 밑에 팔베개를 했다. 나도 따라서 했다. 누우니 나뭇결이 가지런한 천장이 보였다. 창문으로 스며든 햇살에 먼지가 둥실 떠다니는 것도 잘 보였다.

나는 바로 옆으로 기차가 지나가면 어떨까 하고 상상해 보왔다. 귀가 떨어져 나갈 것 같은 굉음 속에서 벽에 등을 딱 붙이고 눈을 빛내며 선로를 바라보는 아이들. 가파른 육교 계단을 오르내리는 대신 그 아래를 달려 길을 건널 때처럼 두근거렸을까. 차가 오나 좌우로 살피다가 "발사!" 하고 외치며 친구는 로켓처럼 달려 나가곤 했다. 빨리 와, 라고 소리치던 친구의 얼굴이 생각날 듯 말 듯하다. 아니, 그럴 리 없다. 육교 건너에 살던 친구는 내게 없었다고 엄마가 분명히 말했다.

"야, 나 소 됐냐?"

고개를 돌리자 눈을 감고 있는 그 애의 옆얼굴이 돋보기를 대고 보는 것처럼 조금 굴절돼 보였다. 햇살이 통과한 귀가 복숭앗빛이었다. 깨끗한 소라 모양의 귀였다.

"될 거면 네가 먼저 됐으면 좋겠다. 나 소고기 좋아하거든."

그 애가 잠꼬대처럼 중얼거렸다.

"뿔로 받아 버릴 거다."

그 애의 입꼬리가 슬쩍 올라갔다.

"기차 타 본 적 있어?"

"너는?"

내가 묻자 그 애는 대답 대신 되물었다. 나는 잠깐 생각해보고 대답했다.

"없는 것 같아."

"촌놈."

"기차 안은 조용해?"

내가 묻자 그 애가 좀 뜸을 들이더니 대답했다.

"나도 안 타 봤어."

"촌놈."

우리는 동시에 킥킥 웃었다.

그런데, 이상하게도 뭔가 기억이 났다. 빛바랜 의자에 씌워 놓은 하얀 천과 차창 밖으로 스쳐 가던 초록색 띠, 과자와 음료수를 실은 수레와 그 수레를 밀고 지나가는 여자의 파란색 제복, 김밥과 치킨 냄새, 떡을 나누느라 수선스럽게 굴던 아줌마들. 수레에서 고른 과자를 먹다 잠들었는데, 깨어나 보니 손에 들고 있던 과자 봉지가 없어져서 울던 아이. 그게 나였던가?

하지만 난 기차를 탄 적이 없다. 외할머니 댁에는 아빠 차를 타고 가거나 어쩌다 고속버스를 이용했다. 아마 영화나 텔레비전에서 본 장면인가 보다. 그런데 풍경은 물론이거니와 기차 안에서 나던 소리와 냄새까지 생생하다. 어쩌면 기차를 타 봤는데 내가 기억하지 못하는 것일까?

"기차가 안 다니게 돼서 갑자기 무지 조용해졌겠네."

내 말에 그 애가 어어, 하고 애매한 소리를 내더니 말했다.

"그런데 이상하지. 기차는 다니지 않는데 종종 기차 소리가 들려."

"응?"

"특히 새벽녘에. 멀리서 기적 소리가 들리고 조금 뒤에 집이 흔들리는 것도 느껴져. 덜컹덜컹하고 선로에 기차 부딪치는 소리도 나고. 분명 집 밖으로 기차가 달리고 있는 거야."

"꿈꾼 거 아냐?"

"그런가?"

그 애는 내게 묻는 건지 혼잣말인지 모르게 나지막이 중얼거렸다.

창문으로 들어온 햇살이 눈에 닿았다. 눈이 감겨 왔다. 눈이 부신 건지 졸린 건지 알 수 없었다. 눈을 감아도 햇살이 눈앞에 어른거렸다. 나는 다시 한 번 아이의 이름을 기억해 내려고 애썼지만 헛수고였다.

한번은 이런 일도 있었다. 집으로 돌아오는 길이었는데 뒤에서 나를 부르는 소리가 들렸다. 그날은 시험이 끝난 날인가 그래서 같은 반 아이 둘과 영화를 보고 오는 길이었다. 뒤돌아보니 어떤 애가 저만치서 뛰어오고 있었다. 내 앞에 서서 가쁜 숨을 몰아쉬던 애가 야, 하고 웃었다. 오랜만이라는 말도 했다. 그 애는 다른 학교 교복을 입고 있었다. 같은 초등학교에 다니던 애인가 싶었지만 기억나지 않았다. 내 어깨를 툭툭 치고 스스럼없이 구는 걸 보면 친한 사이였던 것도 같았다. 하지만 아무 기억도 없었다. 최소한 친구는 맞는 것 같았다. 아니, 그것마저 확실하지 않았다.

우리는 길에 서서 한참 이야기를 나눴다. 그 친구는 이런저런 아이들의 이름을 대며 소식을 들려주었다. 물론 내가 기억하지 못하는 이름들이어서 궁금할 리도 없었지만 내색하지 않고 적당히 맞장구쳤다. 신나게 떠들던 친구는 갑자기 어두운 얼굴이 되더니 혹시 지훈이 소식 들었느냐고 물었다. 지훈, 한 학년에 대여섯 명 정도 있는 이름이었다. 그중 어떤 지훈이를 말하는 건지 알 수 없었다. 나는 무슨 소식 말이냐고 물었다. 친구는 지훈이가 작년에 목숨을 끊었다고 했다. 자기도 얼마 전에야 알았다고 했다.

"우울증이었대. 우린 걔가 아파서 좀 쉬는 줄로만 알았잖아. 그때 연락 딱 끊었을 때부터 알아봤어야 했는데. 그때 찾아갔으면……."

말끝을 흐렸다. 그러더니 친구는 내 눈치를 살피며 물었다.

"너, 괜찮냐?"

뭐가 괜찮냐는 건지 알 수 없었다. 친구는 말했다.

"지훈이 부모님이 친한 친구한테도 안 알렸대. 그러니까 너무 괴로워하지 마."

친구 얼굴이 침울해졌다. 기억을 떠올리는 것만으로도 슬퍼질 만큼 친한 사이였던 모양이다. 말하는 투로 봐서 지훈이라는 애는 나하고도 친했던 것 같다. 그런데 전혀 떠오르지 않았다. 그러니 슬퍼할 수도, 괴로워할 수도 없었다. 친구는 학원 갈 시간이라며 다음에 다 같이 한번 보자 하고는 허둥지둥 자리를 떴다. 많이 늦었는지 친구는 잽싸게 뛰어갔다. 횡단보도를 가로지르는 친구의 뒷모습을 멍하니 바라보았다.

그 순간, 어떤 장면이 머릿속을 스쳐 지나갔다. 앞서 길을 건너던 친구. 빨리 오라고 재촉하는 소리. 어깨에 멘 가방에서 필통 속 연필이 달그락대던 소리. 경적 소리. 달려드는 트럭. 그다음. 그다음은 기억이 나지 않는다. 아니다. 기억나지 않는 게 아니라 아무 일도 일어나지 않았던 거다. 그런 친구는 내게 없었다. 육교 건너에 있던 마당 있는 집도, 스테인드글라스가 끼워져 있던 현관문도, 레이스 손뜨개가 씌워진 피아노도, 처음부터 없었다.

"이제 가야겠다."

나는 벌떡 일어나 앉았다. 그 애는 내 말을 못 들었는지, 멀뚱히 천장만 바라보고 있었다. 유난히 환한 햇살 가운데에 그 애가 느긋이 누워 있다. 그 모습이 오래된 사진처럼 흐릿하게 보였다. 뭔가 떠오를 것 같은 기분이었지만 아무것도 떠오르는 건 없었다.

나는 불투명한 유리문 안쪽을 쳐다봤다. 자세히 보니 유리에는 잔잔한 물방울무늬가 새겨져 있었다. 그래서 방 안이 흐리게 보였다. 낮인데도 방 안은 어둑했다. 할아버지는 여전히 누워 있었다. 오래 주무시는구나, 생각했다. 그 애가 몸을 일으켰다. 가야겠다고 한 말을 그제야 알아들었다는 듯이 고개를 끄덕여 보였다. 그 애는 마치 어디 멀리 갔다 오기라도 한 눈빛이었다.

"알은 매일 낳는 거야?"

집에서 나와 건너편 집 처마에 걸린 새장을 눈으로 가리키며 내가 물었다.

"닭인 줄 아냐?"

내가 머리를 긁적였더니 그 애는 씩 웃었다.

"이건 뭐야?"

내가 문손잡이에 걸린 카메라를 가리키며 물었다.

"문패 같은 거야. 우리 할아버지가 옛날에 사진관을 했거든. 사진 찍는 사람이 사는 집이오, 그런 거지. 사진관은 문 닫은 지 오래됐지만."

"이 카메라로 사진을 찍으신 거야?"

"사진관에서 쓰던 건 아주 큰 카메라였어. 사진을 찍을 때 할아버지는 카메라 뒤에 달린 천을 머리에 뒤집어쓰고 초점을 맞췄지. 그리고 셔터를 누르면 팟, 소리가 나면서 플래시가 터졌어. 언제나 두 번. 처음 셔터를 누른 뒤 손님들에게 다가가서 자세를 고쳐 주고 다시 한 번 눌렀지. 간혹 세 번 누르는 적도 있지만 그 이상은 누르지 않았어. 사람들이 자세와 표정을 제대로 잡을 때까지 기다리고 기다렸다가 셔터를 눌렀거든. 카메라 앞에 앉아 있는 사람들은 좀 긴장하긴 했지만 설레어하는 표정이었어. 사람들은 주로 기쁜 날을 기념하려고 사진을 찍잖아."

"되게 오래된 이야기 같다. 옛날 영화에나 나오는."

내 말에 그 애가 미소 지으며 고개를 끄덕였다.

"할아버지가 마지막에 찍은 건 주로 영정 사진이었지. 이 동네 노인들 사진은 할아버지가 다 찍어 줬어. 다들 제일 좋은 옷을 차려입고 와서 활짝 웃는 얼굴로 찍었어."

"영정 사진이 원래 웃으면서 찍는 건가?"

"그럼 울면서 찍을까?"

그러더니 그 애는 얼굴을 괴상하게 일그러뜨리고 우는 표정을 지었다. 나는 픽, 웃음이 났다.

"이 동네 노인들 사진을 다 찍어 준 뒤에 할아버지는 사진관을 정리했어. 카메라도 다 팔았지. 딱 하나만 남기고. 이건 할아버지가 심심풀이로 사진 찍을 때 쓰던 카메라래. 할아버지가 손을 떨기 시작한 뒤로 늘 여기 걸려 있지만."

그 애가 손잡이에서 줄을 풀었다. 그 애는 카메라를 몇 번 어루만지더니 눈앞에 갖다 댔다. 갑자기 카메라가 나를 향했다. 찰칵, 하고 경쾌한 소리가 났다.

"뭐야? 사진 찍은 거야?"

"필름 안 들어 있어."

그 애가 씩 웃었다.

"무지 오래돼 보이는데, 사진이 찍혀?"

"응, 오래됐지. 그래도 아직 쓸 수 있어."

"이 카메라로 사진 찍어 본 적 있어?"

"이건 문패라니까."

나는 그 애한테서 카메라를 건네받아 카메라를 눈에 바짝
대 보았다. 렌즈 너머로 브이 자를 그리며 웃는 얼굴이 보였
다. 햇볕에 달궈진 카메라는 따스하고, 크기에 비해 제법 묵직
했다. 나는 카메라를 다시 돌려주며 말했다.

"여기는 거의 다 빈집인 줄 알았어. 밤에 보면 불 켜진 집이
얼마 없었거든."

그 애가 고개를 들고 내가 사는 아파트를 올려다보며 물
었다.

"너 저기 사는구나?"

"어? 어어."

"많이 떠났어. 남아 있는 사람들은 거의 노인들이라 그래.
전기 요금 아낀다고 노인네들이 불도 안 켜거든."

나는 눈으로 선로 끝부터 훑어보았다. 선로 끝에서 일곱 번
째 집, 그게 이 아이의 집이었다. 내 방 창문에서 내려다보일
것이다. 이 아이의 집에 언제 불이 꺼지는지도 알 수 있을 것
이다. 새벽녘에 일어나 정말 기차가 달리는지 내다볼 수도 있
다. 물론 그럴 리 없다는 걸 알지만. 역시 꿈을 꾼 거라고 이
아이에게 말해 줄 수 있을 거다.

"학교에서 보자."

내가 말하자 그 애가 묘한 웃음을 지었다. 그러더니 대답
했다.

"그래, 또 보자."

나는 선로를 따라 걷다가 뒤를 돌아보았다. 그 애는 집으로 들어가고 없었다. 선로를 건너 나는 집으로 돌아왔다.

월요일에 나는 조금 일찍 등교했다. 교실 자리는 반 넘게 비어 있었다. 창가 옆 맨 뒷자리, 그 애의 자리도 비어 있었다. 내 자리에 앉아 영어 숙제를 하면서 그 애가 오기를 기다렸다. 담임 선생님이 들어와 조회를 시작할 때까지 그 애는 오지 않았다. 첫 시간 시작종이 울리는데도 여전히 자리는 비어 있었다. 수업이 다 끝날 때까지 그 애는 나타나지 않았다.

나는 앞자리에 앉은 아이의 어깨를 두드렸다. 앞자리 아이가 어리둥절한 얼굴로 나를 돌아다봤다. 내가 먼저 말을 걸어서인 것 같았다. 물론 나는 앞자리 아이의 이름을 기억하지 못했다.

"창가 옆? 저 자리는 원래 비어 있었잖애."

"빈자리라고?"

"아, 닌 늦게 전학 와서 못 봤겠구마이. 농구 부원 지린디, 걔는 학기 초에 며칠 나오고 시합 땜에 훈련 갔어."

그 애가 농구부였구나. 농구 선수치고는 키가 별로 크지 않던데.

"기찻길 옆에 살지?"

"몰러. 어디 사는지는."

"얼굴 하얗고 마른 애 맞지? 키는 나만 하고?"

"에이, 무슨. 백팔십도 훨씬 넘는디. 너보다 한참 크지. 근디 그 정도믄 하얀 거여? 나보다 검은 편인 거 같은디."

까무잡잡한 얼굴인 앞자리 애가 멀뚱히 말했다.

학교가 끝나고 그 애 집으로 가 봤다. 선로 끝에서 일곱 번째 집. 아니, 셀 필요도 없다. 하얀 벽에 파란 대문 집. 문패 대신 문 손잡이에 카메라가 걸려 있는 집. 그 안에 보얗게 먼지가 앉은 나무 마루가 깔려 있고, 아직 꽃이 피지 않은 난초 화분이 있다는 것까지 나는 잘 알고 있다.

나는 선로 끝까지 걸어갔다가 다시 되돌아 걸었다. 없었다. 하얀 벽에 파란 대문 집. 문에 카메라가 걸려 있는 집은 어디에도 없었다. 다시 선로 끝으로 갔다. 하나, 둘, 셋, 속으로 세어 보며 되돌아 걸었다. 일곱 번째 집은 있었다. 하지만 아무 칠도 하지 않은 시멘트 벽에 녹슨 회색 철문이 달려 있었다. 숫자를 잘못 셌던 건지도 모른다. 일곱 번째 집이 아니라 여덟 번째 집, 아니, 아홉 번째 집인지도 모른다. 마흔두 번째에서 선로는 끝났다. 더 이상 집은 없었다. 나는 또 되돌아갔다. 하지만 아무리 선로를 오가도 그 애의 집은 없었다.

이듬해, 우리 가족은 다시 서울로 이사했다. 전학한 학교는 전에 다니던 시골 학교와 비슷했고, 교복도 비슷하고, 비슷한 급식이 나왔다. 선생님도 아이들도 비슷해 보였다. 엄마는 서울로 다시 오니 좋다고 했지만 나는 좋지도 싫지도 않았다. 시골 집보다 작지만 비슷한 아파트에 살게 되었다. 내 방 창문을 열면 자동차 소리가 크게 들려왔다. 나는 좀처럼 창문을 열지 않았다. 창문이 있다는 것마저 잊었다.

그런데 이상한 일이다. 종종 나는 새벽녘에 깨어나곤 한다. 무슨 소리가 들리기 때문이다. 처음에는 아주 멀리서 들려온다. 희미한 바람 소리 같다. 조금 있으면 거센 바람이 부는 것처럼 창문이 덜컹덜컹한다. 창문을 쳐다보면 전혀 움직이고 있지 않다. 그런데도 내 몸은 미세하게 떨리기 시작해서 점점 더 거세게 흔들린다. 덜커덕덜커덕 쇠바퀴 구르는 소리가 내 심장을 통과해 지나간다. 그리고 또 바람 소리가 들려온다. 그건 꼭 기적 소리처럼 들린다. 나는 기적 소리를 들어 본 적이 없다. 그런데도 기적 소리라고 느낀다. 아마 영화나 텔레비전에서 들었을 것이다. 아니, 어디서 진짜 들어 봤을지도 모른다. 슬프고 고독한 그 소리를, 나는 어디서 분명 들어 봤던 것 같다. 기적 소리가 멀어져 희미해지면 나는 다시 베개에 얼굴을 묻는다. 베개는 늘 조금 축축해져 있다.

나는 지금도 기억을 잘 못 한다. 하지만 그 애와 그 애의 집이 있던 선로만큼은 또렷이 기억한다.

필름

＊

"찾으러 왔어?"

문을 열자마자 나는 물었다.

"뭐 말이야?"

컴퓨터 앞에 앉아 있던 아빠가 멀뚱히 나를 쳐다봤다. 그러
더니 아아, 하고 고개를 가로저었다. 오늘도 오지 않았다.

나는 집으로 가는 길에 가끔 아빠 가게에 들렀다. 집 근처
상가 5층 복도 끝, 세 평 남짓한 공간에서 아빠는 사진관을 했
다. 사진관을 하지만 아빠가 카메라 셔터를 누르는 일은 드물
었다. 어쩌다 증명사진이나 여권 사진을 찍으러 오는 손님이
있었지만 1년에 열 명이나 될까 싶었다. 아빠의 사진관은 너
무 외진 곳에 자리 잡아서 눈에 띄지 않았다. 개업 떡을 얻어

먹었던 상가 안의 다른 가게 주인들마저도 사진관의 존재를 까맣게 잊은 것 같았다. 기억한다 해도 사진관에 들를 용무 같은 건 아무한테도 없어 보였다.

그렇다고 아빠가 손 놓고 있는 건 아니었다. 심지어 꽤 바쁠 때도 있었다. 세 평 남짓한 가게 말고도 가게가 하나 더 있었다. '사진 연구소'. 사진관 앞에 내건 작은 간판과 똑같은 이름을 단 홈페이지가 아빠의 또 다른 가게였다. 디지털 카메라로 찍은 사진을 손님이 홈페이지에 올려놓으면 아빠는 인화 가격과 배송비를 알려 주고, 손님이 입금하면 인화를 시작했다. 손님과 아빠가 직접 얼굴을 마주할 필요는 전혀 없었다. 하루에 몇 번씩 택배 아저씨가 부지런히 오갈 뿐이었다.

사진관에서는 별달리 할 일도 없었기에 나는 심심풀이 삼아 인화된 사진을 뒤적이곤 했다. 그런데 그게 보다 보면 꽤 재미있었다. 괴상한 표정이나 포즈가 웃길 때도 있었지만 내 관심을 끈 건 따로 있었다. 그건 바로 사진에 찍히지 않은 것들이었다.

사진에는 브이 자를 그리며 웃는 얼굴이 찍혀 있을 뿐이다. 하지만 그 사람에 관한 정보가 곳곳에 널려 있었다. 셜록 홈스라면 '단서'라고 불렀을 것 말이다. 단서들은 사진 주인의 직업, 생활, 취미, 좋아하는 음식과 옷 입는 취향, 심지어는 성격까지 말해 주었다. 사진 속에는 어떤 다른 세상들이 존재하고, 나는 그것을 엿보는 기분이 들었다.

좀 불공평한 일이었는지도 모른다. 손님이 아빠에 관해 아는 건 '사진 연구소'라는 홈페이지의 주인이라는 것뿐이다. 그에게 자기 사진을 들여다보는 아들이 있다는 건 까맣게 모른다. 하지만 안다고 해도 신경 쓰지 않을 것이다. 그들에게 내가 아무도 아니기 때문이다. 사람들이 중요하게 여기는 건 자기와 관계있는 사람이 자기를 어떻게 생각하는가다. 내가 어떻게 생각하건, 내가 누구건, 그들에게는 전혀 상관없는 일이었다.

어쨌든 전혀 모르는 사람들의 삶을 들여다본다는 건 좀 묘한 기분이 드는 일이었다. 가끔 사진 속의 인물과 맞닥뜨리는 상상을 해 보았지만 별로 신통찮을 것 같았다. 그리고 다행인지 당연한 건지 그런 적은 한 번도 없었다.

오가는 사람도 드물고, 전화벨 소리도 거의 나지 않는 사진관은 세상에서 뚝 떨어진 것처럼 언제나 조용했다. 그런데 사진관 문을 열고 찾아오는 손님이 딱 한 명 있었다. 게다가 그 유일한 손님이 맡기는 것은 필름이었다. 허, 요즘도 필름 카메라 쓰는 사람이 있네, 라며 아빠는 감격스러워하기까지 했다. 더구나 어린 학생이, 하고 아빠는 덧붙였다. 사진학과에 들어가려나, 하며 인화된 사진을 보던 우리는 사진학과 지망생은 아니라는 결론을 냈다. 사진 찍는 기술이 서투르다는 게 그 이유의 전부는 아니었다. 그 사진에는 찍는 목적이라는 게 별로 없어 보였다. 그저 좋아서 찍을 뿐인 것 같았다.

186

아빠와 나는 필름을 맡기는 손님을 여학생이라고 불렀다. 휴대폰 번호는 남겼지만 이름을 말하지 않았기 때문이다. 아무튼 종종 필름을 맡기러 오는 유일한 손님이라는 것만으로 여학생은 아빠와 내게 선명한 인상을 남겼다. 하지만 내가 그 손님을 직접 본 적은 없었다.

"학교도 안 다니나? 어떻게 꼭 낮에 필름을 맡기고 찾으러 오지?"

"누구 말이야? 아아……, 교복 입었던데?"

아빠가 인화된 사진을 뒤적이며 말했다.

"어느 학교?"

"음……, 하얀색 블라우스에 치마 입었던 것 같아."

"우리 학교 여자애들 교복도 하얀 블라우스에 치마야."

"그래? 그럼 너희 학교 다니나 보다."

근처에 다른 중학교가 하나 더 있었다.

"체, 체크였어?"

"뭐가?"

"체크무늬 치마냐고. 우리 학교 여학생 치마는 체크무늬란 말이야."

"그랬던 것도 같고 아닌 것도 같고. 야, 내가 변태냐? 여학생 치마나 쳐다보고 있게?"

그러더니 아빠가 고개를 갸웃하며 물었다.

"그런데 왜 그런 걸 꼬치꼬치 물어보냐?"

"아, 됐어, 뭐."

나는 고개를 돌렸지만 아빠가 씩 웃는 걸 보고 말았다.

여학생은 한 달에 한 번쯤 필름을 맡겼다. 대개는 한 통, 많아야 두 통이었다. 여학생은 한 번도 못 봤지만 다녀갔다는 것은 알 수 있었다. 필름을 맡기는 건 그 여학생, 딱 한 명뿐이었으니까. 그리고 그 여학생의 사진이라는 걸 알아챌 수 있는 이유가 또 하나 있었다. 여학생의 사진은 좀 별났다. 사진에는 항상 금붕어만 찍혀 있었다. 둥그런 어항 속을 헤엄치는 빨간 금붕어 한 마리. 여학생은 그것만 줄기차게 찍어 댔다. 색이 예쁘고 하늘거리는 꼬리가 제법 귀엽긴 했지만, 아무리 들여다봐도 그냥 평범한 금붕어에 지나지 않았다.

사진 어디에도 찍은 이의 모습은 드러나 있지 않았다. 혹시 어항에 비치지 않았을까 싶어 뚫어져라 살펴봤지만 소용없었다. 그래도 어항이 놓인 방의 풍경은 어렴풋이 짐작할 수 있었다. 어항은 창가 앞 작은 사각 테이블 위에 놓여 있다. 창에는 얇고 하얀 커튼이 걸려 있고, 창문이 끝나는 벽 한쪽에 침대가 있다. 사진에는 조금밖에 보이지 않지만 침대는 나무 소재의 단순한 디자인이고 벽은 연한 하늘색이다. 약간 각도를 틀어서 찍은 사진을 유심히 살펴본 끝에 베개와 이불은 하얀색 바탕에 잔잔한 꽃무늬가 들어가 있다는 것을 알아냈다.

이런 미미한 단서들을 종합한 결과, 사진 주인은 깔끔하고 생활 습관이 규칙적인 한편 이름 밝히기를 거부하는 미스터

188

리한 성격에 금붕어에 집착하는 여학생. 그 이상은 알 수가 없었다.

그러던 어느 날, 드디어 여학생의 모습이 찍힌 사진을 발견했다. 주인공은 어김없이 금붕어였지만 여학생도 찍혀 있었다. 아니, 정확하게 말하자면 발. 여학생의 발이 찍혀 있었다. 어항을 위에서 찍은 구도였다. 그런데 어항 밑으로 양말을 신은 발이 희미하게 보였다. 우리 반 여자애들이 흔히 신는, 발목까지 올라오는 하얀 양말이었다. 자세히 보니 발목 부분에 작은 그림이 있었다. 아빠의 돋보기로 확인해 본 결과 분홍색 키티 그림이었다.

고양이와 금붕어. 어째 어울리지 않는 것 같으면서도 나쁘지 않은 조합이라는 생각이 들었다. 금붕어를 좋아하는 고양이는 많을 것 같았고, 고양이와 금붕어를 동시에 좋아하는 여학생도 있을 법했다.

그 뒤로, 오가는 여학생들의 양말을 유심히 바라보는 버릇이 내게 생겼다. 키티 양말을 신은 여학생을 가끔 발견했지만 물론 그 여학생이라고 단정 지을 수는 없었다. "혹시 금붕어 좋아하세요?" 이렇게 물을 수도 없는 노릇이었다. 여학생은 변함없이 필름을 맡기러 한 달에 한 번꼴로 아빠의 사진관에 들렀다. 언제나 찍혀 있는 건 금붕어뿐이었다. 내가 여학생의 모습을 보지 못하는 것도 여전했다. 여학생은 언제나 내가 없을 때만 사진관에 들렀다.

여름 방학이 끝난 직후였다. 수업을 마치고 사진관에 들르니 진열장 위에 두툼한 봉투가 놓여 있었다. 살짝 벌어진 봉투 사이로 현상된 필름이 보였다. 아빠에게 물어볼 것도 없이 여학생이 다녀갔다는 걸 알았다. 인화된 사진들을 봉투에서 꺼내 보았다.

"어? 이거 여학생 거 아냐?"

"아니긴. 그저께 맡기고 갔어."

놀랐다. 아빠 말을 듣고도 여학생 사진이 맞는지 의심됐다. 금붕어 사진이 아니었기 때문이다. 여학생의 사진에는 전혀 다른 게 찍혀 있었다. 그리고 그 뒤로 여학생은 사진관에 나타나지 않았다.

"전화해 봐야 하는 거 아냐?"

여학생의 사진 봉투는 진열대 위 나무 선반에 꽂혀 있었다. 필름은 여섯 롤, 사진은 모두 백마흔네 장이었다.

"무슨 전화?"

내 시선을 따라 고개를 돌리던 아빠가 아아, 하는 소리를 냈다. 그러더니 미심쩍다는 표정으로 나를 쳐다보며 말했다.

"바쁜가 보지."

"맡긴 걸 잊어버렸을 수도 있잖아."

내 목소리는 내 귀에도 어색하게 들렸다.

"찾으러 올 때 되면 찾으러 오겠지. 게다가 필름 사진이잖아."

190

아빠가 컴퓨터 모니터로 눈길을 돌리더니 중얼거렸다.

"잊어버릴 사진은 아닌 것 같던데."

그랬다. 나라면 잊어버리지도, 잃어버리고 싶지도 않을 사진이었다.

여학생은 아마도 방학 동안 여행을 다녀온 것 같았다. 해외여행이라고는 한 번도 가 본 적 없는 내가 봐도 사진 속 풍경은 외국이었다. 외국이라는 것은 알았지만 어딘지는 전혀 감이 안 잡혔다. 몹시 낯선 풍경이었다. 지명이라든가 표지판 같은 건 하나도 찍혀 있지 않았다. 이번에도 여학생 자신의 모습을 찍은 사진은 전혀 없었다. 그래도 사진을 한 장 한 장 연결해 보면 여학생의 여행 경로가 어렴풋하게 그려졌다.

첫날 묵은 호텔은 도심에 위치해 있다. 오래된 호텔이지만 아늑한 곳이다. 바닥에는 빨간 바탕에 푸른 점이 박힌 빛바랜 카펫이 깔려 있다. 방은 2층 정도인 것 같다. 알록달록한 커튼이 드리워진 창밖으로 길 건너 식당과 카페, 기념품 가게 등이 내려다보인다. 이른 아침이라 상점은 닫혀 있고 오가는 사람도 없다. 셔터가 내려진 식당 앞에 고양이 한 마리가 앉아 있다. 털이 까만 고양이다. 거리를 내려다보고 있었던 이유는 아마도 고양이 때문인 것 같다.

도심에 머무른 건 잠시였다. 이내 마른 풀과 돌로 뒤덮인 들판으로 향했다. 멀리 야트막한 언덕이 보인다. 언덕은 누런 흙과 붉은 바위로 뒤덮여 있다. 드문드문 보이는 키 작은 잡목은 손대면 이내 바스러질 것처럼 메말라 있다. 사람 하나 보이지 않는다. 서부 영화의 배경처럼 황량하기 그지없는데 하늘은 지독히도 푸르다. 무더운 여름 오후, 체육 시간이 끝난 뒤 간절히 생각나는 청량음료 같은 색깔이다. 갈증을 단번에 날려 버릴 정도로 시원하고 톡 쏘는 음료수처럼 하늘은 푸르게 펼쳐져 있다.

그 하늘 아래 들판에 드디어 움직이는 생물체가 나타났다. 수십 마리가 무리를 지어 풀을 뜯고 있다. 처음 보는 동물이다. 낙타 같기도 하고 양 같기도 하다. 확실한 건, 낙타도 아니고 양도 아니라는 거다.

나는 사진을 들여다보다가 인터넷을 검색해 보았다. '낙타와 양 비슷하게 생긴 동물.' 염소 아니고. '목이 길고 눈이 슬프게 생긴 동물.' 사슴 아니라니까. '풀을 뜯어 먹는 동물.' 소는 진짜 아니잖아……. 한참 검색한 끝에 드디어 그 동물의 이름을 알아냈다. '라마'. 라마의 서식지는 남아메리카의 산악 지대였다. 빙고! 남아메리카의 어딘가, 여학생은 그곳에 갔던 것이다.

여행은 계속된다. 이번에는 호수다. 그런데 이상하다. 호수 빛깔이 온통 붉은색이다. 잘못 인화된 건가 했지만 여러 장의 사진에 찍힌 호수는 모두 붉은색이었다. 그리고 붉은 수면 위에 처음 보는 생물체들이 가득했다. 길고 가는 두 다리와 두 날개. 새다. 새일 것이다. 그중 몇은 하늘로 날아오르고 있으니 의심할 여지가 없다. 그런데 이런 새가 정말 지구상에 존재한단 말인가? 새의 깃털은 진분홍색이고 목은 갈고리처럼 구부러져 있다. 믿기 어렵지만 분명 사진에 찍혀 있다.

다시 인터넷을 찾아보았다. 남미, 붉은 호수, 목이 굽은 진분홍 새. 의외로 금방 답을 얻을 수 있었다. 호수 이름은 라구나 콜로라다. 꽤 유명한 관광지였다. 새의 이름은 플라밍고. 조금 더 검색한 끝에 라구나 콜로라다라는 이름의 붉은 호수는 볼리비아에 있다는 걸 알게 됐다. 남미 볼리비아. 여학생이 여행한 곳을 알아냈다.

눈을 떼지 못하고 붉은 호수를 한참 동안 바라본다. 어떤 연유로 호수가 붉어진 건지 알 수 없다. 붉은 깃털에서 스며나온 것처럼 호수 빛깔은 진홍빛 플라밍고와 똑같다. 도무지 믿을 수 없는 풍경인데 어디서 본 것만 같은 느낌이 든다. 그래, 침대 옆 창가에 놓여 있는 작고 둥근 어항. 얼굴을 가까이 대고 보면 어항 속은 붉은 물감을 풀어 놓은 것 같다. 너울너울, 날개 같은 꼬리지느러미가 하늘하늘 붉은 물결을 만들어 내던 둥근 어항 속 세상과 호수는 어쩐지 닮아 보인다. 먼 하늘이 갑자기 호수처럼 붉어진다. 호수 위로 플라밍고와 함께 저녁이 고요히 내려앉는다.

그런데 사진을 몇 장 더 보면서 내 추측이 틀렸을지도 모른다는 생각이 들었다. 그 뒤로 이어지는 여학생의 사진에는 전혀 다른 풍광이 나타났다. 태양이 이글거리고 콘도르가 날아오르고 인디오가 라마를 모는 곳. 그것이 내가 상상하는 남미였다. 하지만 사진 속에 담긴 건 내 머릿속의 남미와 완전히 동떨어진 풍경이었다.

"아빠, 남미에도 눈이 오나?"

"남미?"

"어, 남아메리카."

"가 봤어야 알지. 그런데 남미면 브라질 있는 데 아니야? 브라질이면……, 쌈바!"

아빠는 허리를 돌리며 엉덩이까지 씰룩거렸다. 꽃목걸이를 걸고 수술 치마 위로 배꼽을 내놓은 무희를 상상하는 눈치였다.

남미는 태양과 열정의 나라다. 아니, 그럴 것이다. 하지만 여학생의 사진에는 하얀 눈과 얼음뿐이었다. 심지어 저 멀리 불쑥 솟아오른 하얀 삼각형은……, 영락없는 빙산이었다. 붉은 호수에서 단숨에 날아 남극에라도 간 것일까.

아무래도 아빠보다는 인터넷에 의존해야 했다. 볼리비아, 눈, 빙산. 검색어를 몇 개 입력하자 이번에도 답은 쉽게 나왔다. 남극이 아니었다. 눈도, 얼음도, 빙산도 아니었다. 그것은 사막이었다. 하얀 소금으로 뒤덮인 거대한 사막. 사막 이름이 '우유니'라는 것까지 알아냈다.

소금 사막은 난데없이 나타나 끝도 없이 펼쳐졌다. 눈앞에 존재하는 색은 단 두 가지, 하얀색과 푸른색뿐이다. 소금과 하늘, 그 두 가지로 이루어진 세상. 눈이 아리도록 빛나는 풍경이 존재한다는 것을 처음 알았다. 햇살은 따스하고 주위는 고요하다. 발밑에서 소금이 눈처럼 부드럽게 밟힌다. 문득 뒤돌아보니 걸어온 방향으로 희미하게 발자국이 남아 있다. 세상 어딘가에서 불어와 숨죽여 머물다 떠난 바람은 발자국 하나 흩뜨리지 않는다.

푸른 파도가 출렁이는 백사장에 가면 꼭 해 보고 싶었던 일이 떠오른다. 사각사각. 손가락 끝에서 소금 알갱이가 조금씩 부서진다. 사막 위에 새겨진 단어를 바람이 조용히 읽고 간다. 손가락 끝에 남아 있는 소금 알갱이가 햇살에 반짝반짝 빛난다. 찰칵. 셔터 누르는 소리만이 이따금 정적을 깨뜨린다.

나는 사진을 뚫어져라 바라봤다. 자기 이름이라도 적어 놓은 것일까? 영어 같았지만 처음 보는 단어였다. 아빠 돋보기로 글자를 들여다보며 인터넷 검색창에 하나하나 적어 넣었다. 에스파냐어였다. 남미 사람들의 언어. Del Mundo. 델 문도, 뜻은 '세상 어딘가'. 그것이 여학생이 하얀 소금 사막 위에 적은 말이었다.

"아빠, 이건 잘못 나온 건가?"

나는 까맣게 나온 사진을 가리켰다. 그런 사진이 스무 장이 넘었다.

"그건 아닌 것 같고. 자세히 보면 뭐가 흐릿하게 찍혀 있긴 해."

아빠는 자기 실수는 아니라고 극구 부인했다. 까맣게 나온 사진은 하얀 사막 사진 중간에 세 번 등장했다. 한 번에 예닐곱 장씩. 아빠 말대로 실수로 찍힌 사진이 아니라 꼭 찍고 싶은 것을 찍은 듯한 사진이었다. 막막한 어둠만 찍혀 있는 사진을 나는 한참 들여다봤다. 여학생은 뭘 찍고 싶었던 걸까.

우유니 사막에서 사흘을 묵는다. 피곤하지만 낯선 잠자리 때문에 쉽게 잠을 이루지 못한다. 더욱 괴로운 것은 두통과 멀미다. 고산증 증세다. 코카 잎을 씹으면 고통이 덜해진다고 했지만 입안을 쓰게만 할 뿐 별 효험이 없었다. 두통약 몇 알을 삼키고 잠이 고통을 거두어 가길 기다리지만, 어둠 속에서 들려오는 일행의 고된 숨소리가 이마를 두드리고 머릿속을 울린다. 어지럽고 메스껍다. 혼자만 잠들지 못하는 것이 괴로워 눈물이 난다. 참지 못하고 문밖으로 달려 나간다.

신선한 공기가 콧속으로 몰려들고 시원하게 이마를 어루만져 준다. 자욱이 먼지가 낀 것 같던 머릿속이 점점 맑아진다. 하얗게 빛나던 사막은 어둠에 잠겨 있다. 세상 모든 것이 잠들고 홀로 깨어 있는 것 같다. 차츰 한기가 느껴진다. 여름에 떠나 도착한 지구 반대편은 겨울이다. 싸늘한 공기 속으로 하얀 입김이 퍼져 간다.

문득 하늘을 올려다보자 아아, 절로 탄성이 흘러나온다. 탄성은 고요만이 가득한 공기 속으로 흩어져 침묵으로 얼어붙는다. 소리 내는 것도, 움직이는 것도, 숨 쉬는 것도, 심지어

196

생각하는 것마저 잊는다. 다만 언제까지고 하늘을 올려다볼 뿐이다. 눈앞에 펼쳐진 밤의 풍경은 이 세상의 것이 아닌 것 같다. 그러다 문득 생각이 나서 숙소로 달려간다. 카메라를 들고 나와 하늘을 찍기 시작한다. 빛나는 것들이 세상 어딘가로 고요히 떨어져 내린다.

아마도 그건 별일 것이라고 나는 추측했다. 찍힌 것은 어둠뿐이지만 나는 그렇게 생각했다. 아름답게 빛나는 것들이 없었다면 뭐하러 수십 장이나 밤하늘을 찍었겠는가. 밤하늘 가득 헤아릴 수 없이 많은 별이 빛나고 있었을 것이다. 제 무게를 이기지 못하고 길게 꼬리를 그리며 어디론가 떨어지는 무수한 별을 여학생은 오래오래 지켜본 것 같다. 이 세상이 아닌 것 같은, 세상 어딘가의 밤하늘을 나도 오랫동안 들여다봤다. 그리고 그 밤하늘 아래 홀로 서 있는 누군가를 그려보았다.

"아빠, 금붕어 수명이 얼마나 되지?"

"이틀?"

지나치게 자신만만한 아빠의 대답에 어이가 없어졌다.

"진짜야. 내가 어릴 때 금붕어 사 봤거든. 금붕어는 이틀. 병아리는 하루."

"에이, 그런 거 말고. 건강하고 정상적인 금붕어 말이야."

"사람보다는 짧지 않을까?"

"금붕어는 계속 키우면 자꾸자꾸 커지나? 아, 왜 날 쳐다보는데?"

"널 보면 알 수 있잖아. 자꾸자꾸 먹여 봤자 키는 그대로잖아. 완전 보람 없어."

"그게 아빠가 아들한테 할 소리야? 왜 또 쳐다보는데?"

"너 왜 자꾸 그런 걸 꼬치꼬치 물어보냐?"

고개를 돌렸지만 아빠가 씩 웃는 걸 보고 말았다.

여학생이 맡긴 필름은 한동안 진열장 선반 위에 놓여 있었다. 여학생이 필름을 맡긴 지 1년쯤 지난 뒤에 아빠는 다시 한번 전화를 걸었고, 받지 않는 것을 확인했다. 아빠는 여학생의 필름과 인화된 사진을 가게 한구석에 있는 서랍장 속으로 옮겼다.

상가 한 귀퉁이 아빠의 사진관은 여전히 조용하다. 하루에 두어 번 방문하는 택배 아저씨 말고는 아무도 찾지 않는다. 가게 한쪽에는 언제 올지 모를 손님을 위해 아빠가 준비해 둔 삼각대가 서 있다. 나는 종종 삼각대 위에 카메라를 고정하고 뷰파인더 안을 들여다본다. 뷰파인더 너머로는 벽에 드리운 검은색 커튼만 보인다. 한참을 쳐다보고 있노라면 사각의 검은색 가장자리가 부옇게 흐려지면서 금빛 가루 같은 것이 떠돈다. 그것이 마치 이 세상 너머, 다른 세상처럼 보인다.

푸른 벽으로 둘러싸인 방 안, 어항 속 빨간 금붕어가 꼬리를 살랑살랑 흔들며 헤엄친다. 배가 불룩한 둥근 어항 너머

세상은 볼록 렌즈를 댄 것마냥 팽창되고 이지러져 보인다. 너울거리는 빨간 지느러미 사이로 어항 반대편에 있는 누군가의 모습이 언뜻 비친다. 어항 표면에 뺨을 붙이고 물속을 들여다보는 얼굴이 희미하게 일렁인다. 그 얼굴을 어디서 본 것도 같고 전혀 아닌 것도 같다.

금붕어가 날개 같은 지느러미로 물속을 가른다. 둥근 어항 저편의 얼굴이 더욱 부옇게 흐려진다. 하얀 커튼이 바람에 조용히 나부낀다. 어쩌면 그곳은 빛나던 별들이 고요히 떨어져 내리는, 세상 어딘가일지 모른다. 여학생의 사진은 아직도 사진관 서랍장 안, 어둠 속에 보관되어 있다.

무대륙의
소년

✻

도시는 물과 함께 깨어난다. 바다와 운하가 만나는 곳에서 피어오른 자욱한 안개가 도시를 베일처럼 감싸면 분홍 대리석 궁전과 은빛 첨탑이 하나둘 눈을 뜬다. 다리 아래 잠들어 있던 배들이 물살을 가르고, 이끼와 함께 고여 있던 물은 조용히 뒤척이며 돌계단 위로 혓바닥을 날름댄다.

쏴아아. 윗집에서 나는 물소리에 잠이 깨지만 조금 전까지 꾸던 꿈이 머릿속을 떠돈다. 좋은 꿈이었던 것도 같고, 이상한 꿈이었던 것도 같다. 엄마가 깨우러 올 때까지 조금 더 꿈을 꾸고 싶어서 나는 담요 속으로 몸을 둥글게 말아 넣는다. 이번에는 냄새가 꿈을 훼방 놓는다. 빵 굽는 냄새, 커피 냄새, 비누 향, 눅눅한 빨래와 벽에 핀 곰팡이 냄새. 하지만 이내 바다에서 불어온 짠 내와 운하에서 풍기는 비린내가 모든 냄새를 뒤덮는다.

도시는 물로 둘러싸여 있다. 툭. 툭. 빗방울 떨어지는 소리가 들려온다. 막 깨어난 도시가 다시 어스름 속에 잠긴다. 엄마는 깨우러 오지 않는다.

빗방울이 떨어지면 안젤로는 달리기 시작했다. 그럴 때면 안젤로의 목 언저리에서 나비가 숨 가쁘게 파닥거렸다.

"우산요, 우산. 자동 삼단 우산. 양산으로도 쓸 수 있는 최고급 우산 사세요!"

안젤로는 광장이 떠나가라 소리 지르며 분주히 손님을 찾아다녔다. 하지만 대개는 별 소득이 없었다. 사람들은 비를 피해 카페나 예배당 지붕 밑으로 달려들었기 때문이다. 관광객들에게 우산은 또 하나 늘어나는 짐일 뿐이었다.

비는 점점 더 거세어졌다. 광장에 물이 차올랐다. 광장 둘레에 자리 잡은 카페의 종업원들이 나무 발판을 들고 나와 늘어놓았다. 차오르는 물 사이로 모세의 기적 같은 길이 생겨났다. 사람들은 좋아라 발판 위로 올라 기념 촬영을 했다. 광장이 완전히 물에 잠겼다. 도시는 바다처럼 보였다. 광장을 헤치며 다니는 사람들은 바닷속을 부유하는 물고기 같았다. 먼 옛날 이 도시가 바다였다는 것을 기억하는 사람은 드물었다. 기억하는 사람들도 아주 오래전 옛사람들에게서 전해 들었을 뿐이다.

물의 도시. 그것이 도시를 부르는 다른 이름이었다. 몇 세기에 걸쳐 물 위에 세워진 도시는 이제 다른 이름으로 불려야 했다. 물속의 도시. 도시는 하루에도 몇 번씩 물에 잠겼다. 이번 겨울에는 유독 비가 많이 온다고 사람들은 생각했지만 이미 봄이 온 지 오래였다. 생각해 보니 지난겨울에도, 봄에도, 그리고 여름과 가을에도 비가 내렸다. 겨울을 제외하고는 눈부신 날씨를 자랑하던 도시에 불현듯 찾아든 비가 떠날 줄 몰랐다. 비는 날마다 몇 번씩 쏟아지곤 했다. 지속되는 비에 도시의 주민들은 우울해하고 관광객들은 짜증을 냈지만 어쩔 수 없었다. 퍼붓는 비를 막을 도리는 없었고, 불평한다고 비가 멈추는 것은 아니었다.

그래도 하루 중 몇 차례, 문득 먹구름이 걷히고 그 사이로 폭포수 같은 햇살이 쏟아져 내렸다. 그럴 때면 사람들은 일제히 창을 열어젖혀 빨래를 내걸었고, 뱃사공은 태양을 찬미하는 노래를 부르며 노를 저었다. 햇살에 증발된 빗물이 온 도시를 부옇게 감쌀 때면 사람들은 도시가 그 어느 때보다 아름답다고 느꼈다.

점점 더 굵어지는 비를 피해서 궁전 회랑 지붕 밑에 몰려든 사람들 곁으로 안젤로가 다가갔다. 색실을 꼬아 만든 조잡한 목걸이와 싸구려 열쇠고리에 흥미를 보이는 사람은 아무도 없었다. 안젤로의 목에 나비가 가련하게 내려앉아 있다. 물먹은 날개가 무거워 보였다. 안젤로는 묵묵히 광장을 바라보았다. 광장에 물이 점점 더 차올랐다. 궁전과 성당이 서서히 잠겨 들었다.

안젤로와 어떻게 만나게 됐는지는 잘 기억이 나지 않는다. 처음에는 서로 경계했던 것 같다. 눈인사를 나눈 건 한참 뒤의 일이었다. 하지만 지금은 이틀이 멀다 하고 만난다. 타지에서 온 안젤로의 억양은 독특해서 처음에는 알아듣기 힘들었다. 하지만 인내심을 가지고 들어 주다 보니 차츰 귀에 익게 됐다. 나를 상대로 연습했기 때문인지 안젤로의 말은 이제 이 도시 사람들만큼이나 유창해졌다. 광장의 다른 상인들과 악다구니하며 자리다툼을 하고 손님에게 너스레를 떨 정도로 말이다. 안젤로에게 친구는 별로 없는 것 같았다. 내가 다가가면 안젤로는 씩 웃으며 내 등을 툭툭, 두드리곤 했다.

가끔 안젤로와 함께 있을 때면 우리를 향해 돌멩이가 날아왔다. 신기한 것을 보면 건드려 보지 않고는 못 견디는 어린 아이들의 장난질이었다. 안젤로는 도망가는 아이들을 쫓아가 기어이 목덜미를 잡아챘다. 가까이서 안젤로의 얼굴을 본 아이들은 부르르 몸을 떨었다. 뺨부터 턱을 지나 목까지 이어진 가늘고 붉은 흉터는 아이들을 겁주기에 충분했다. 그 흉터 끝에 나비 문신이 있다는 걸 아무도 눈치채지 못한 채, 아이들은 혼비백산해서 달아났다.

씩씩대며 돌아온 안젤로는 내 얼굴을 쓱 훑어보았다. 뚱한 표정이었지만 나에게 미안해하고 있다는 걸 나는 잘 알고 있었다. 안젤로와 함께 있다는 것만으로 나도 덩달아 돌팔매의 표적이 되곤 했으니 말이다. 피부가 검다는 이유로 늘 조롱당하는 안젤로. 나는 안젤로가 가여웠다. 나는 보란 듯이 아이들이 던진 돌멩이에 대고 오줌을 갈겼다. 안젤로가 배를 잡고 웃었다. 흔들리는 안젤로의 목에서 나비도 날개를 퍼덕였다. 검은 목을 타고 이어진 흉터 끝에 그려진 문신이 내 눈에는 꼭 꽃나무 가지에 앉은 나비처럼 보였다.

문신은 3년 전, 안젤로가 열세 살 나던 해에 새긴 것이었다. 안젤로의 고향 마을에는 성년식을 맞은 남자아이들에게 부족의 상징을 새겨 주는 풍습이 있었다. 다른 부족과의 분쟁이 오래 이어지던 끝에 아버지와 집을 잃은 안젤로는 어머니와 어린 두 동생을 데리고 제 나라를 떠났다. 국경을 넘다가 어머니와 두 동생과 헤어지게 된 안젤로는 짐짝처럼 트럭에 실려 온 유럽을 떠돌았다.

핫산, 아지즈, 곤잘로, 카를로스, 마리오, 폴, 줄리앙, 제레미…… 안젤로의 이름은 떠돌던 나라의 이름보다 더 많았다. 마르코나 파올로라고 불려도 안젤로는 달려갔다. 손님이 조악한 목걸이나 열쇠고리를 사 주기만 한다면 안젤로든 마르코든 상관없었다. 안젤로는 진짜 이름이 뭔지 내게도 가르쳐 주지 않았다. 하지만 무뚝뚝한 얼굴로 내가 좋아하는 생선 튀김을 나눠 주는 안젤로를 보면서 나는 만약 검은 천사가 있다면 분명 이름이 안젤로일 거라고 생각했다.

안젤로의 집에 몇 번 가 본 적이 있다. 안젤로는 나처럼 1층에 살았다. 안개와 습기 때문에 벽과 바닥이 온통 곰팡이로 뒤덮여 있었다. 가구도 하나 없는 집 바닥에 더러운 담요 한 장만 펼쳐져 있었다. 몇 벌 안 되는 옷을 구겨 넣은 배낭과 팔리지 않는 기념품과 우산을 담은 비닐 가방 하나가 안젤로가 가진 전부였다. 안젤로는 언젠가는 엄마와 누이동생들을 찾아 함께 살 거라고 했다. 그건 일단 돈을 번 다음의 일이었다.

방세가 이렇게 싼 데는 없을 거야. 안젤로의 말대로였다. 방세는 공짜였다. 도시에는 버려진 집이 많았다. 1층에 사는 건 법으로 금지되어 있었다. 법이 한 번도 보호해 주지 않았던 사람들만이 1층에 남아 살았다. 집에서는 아무것도 할 일이 없어서 안젤로는 늘 잠만 잤다. 너무나 곤하게 잠들어서 내가 아무리 깨워도 절대 일어나지 않았다. 잠든 얼굴이 하도 평온해 보여서 나는 더는 깨우지 못했다.

어느덧 비가 그쳤다. 햇살이 광장을 눈부시게 채우고, 도시가 서서히 모습을 드러냈다. 안젤로는 광장으로 뛰어나가며 소리쳤다.

"열쇠고리요. 자동 삼단 양산요. 우산으로도 쓸 수 있는 최고급 양산 사세요!"

도시는 거대한 미로였다. 거미줄처럼 뻗어 나간 좁은 골목과 수없이 많은 운하와 다리가 뒤엉켜 있다. 한번은 하루 동안 내가 지난 다리의 개수를 세어 본 적이 있었다. 이백서른다섯 개. 도시의 반을 겨우 돌았을 뿐이었다. 정확한 수도 아니었다. 셈에서 숫자를 다시 빼야 하는 일이 빈번했다. 똑같은 장소로 돌아갔음을 깨닫기를 무수히 되풀이한 뒤, 나는 다리 개수 세는 것을 포기했다.

도시는 하루 정도면 다 돌아볼 수 있는 크기였다. 하지만 요즘 나는 도시를 걷는 데 시간이 많이 걸렸다. 모퉁이를 돌아 사라진 치맛자락을 쫓기도 하고, 골목에 남아 있는 냄새에 이끌려 맴돌다가 2층 창문에서 흘러나오는 웃음소리에 발을 멈추곤 했기 때문이다. 아무리 멀리 떨어져 있어도 알아들을 수 있는 소리. 엄마의 웃음소리는 언제나 높고 맑았다.

미로처럼 얽혀 있는 도시 어딘가에, 엄마는 분명 있을 것이다. 엄마는 길을 잃어버렸는지도 모른다. 도시의 길은 복잡하고 집은 모두 비슷해 보이기 때문이다. 간밤에 물과 함께 밀려든 진흙으로 엉망이 된 집 안을 볼 때마다 이제는 떠나야겠다고 엄마는 중얼거렸지만, 쉽게 떠나지 않으리라는 걸 나는 알고 있었다. 정말 떠날 사람이라면 매일 아침 그토록 꼼꼼하게 진흙을 쓸어 내지 않을 테니까.

웃음소리가 들려온 집을 기웃거리는데 누가 뛰어나와 빗자루를 흔들어 대며 소리를 질렀다. 엄마와는 영 딴판인 아줌마였다. 나는 재빨리 자리를 떴다.

"애야, 그렇게 쫓아서 시간이라도 잡으려는 게냐."

숨을 헐떡이며 골목을 돌자 로베르토가 웃으며 내게 말을 건넸다. 어느새 '카사 델라 루나' 호텔 앞이었다. 낮의 친구가 안젤로라면, 내게는 밤의 친구도 있었다. 낡고 퇴락한 카사 델라 루나의 야간 도어맨, 로베르토.

로베르토는 젊었을 때 유명한 댄서였다. 어렸을 때 축제에서 본 댄서들에게 반한 로베르토는 몰래 술집이나 극장에 숨어들어 댄서들을 구경하고 밤새 길 위에서 춤을 연습했다. 로베르토가 댄서가 된 건 안젤로보다 더 어린 나이였고, 스무 살이 넘자 도시에서 가장 큰 극장 무대에 섰다. 가난한 어부의 아들로는 기적 같은 성공이었다.

어느 날 공연을 마친 뒤 동료들과 술을 마시고 집으로 돌아오던 로베르토는 다리 위에서 떨어지고 말았다. 도시에 비가 내리지 않던 시절, 도시의 많은 다리는 물 위를 건너기 위해서가 아니라 지름길로 쓰였다. 로베르토가 떨어진 다리도 그중 하나였다. 깊은 물속, 또는 바닷속에 떨어지지 않은 것을 로베르토는 아쉬워했다. 그랬다면 멀쩡했거나 최소한 깨끗이 죽기라도 했을 텐데, 로베르토는 그렇게 중얼거리며 쓸쓸히 웃곤 했다. 로베르토는 그 사고로 다리를 절게 되었다. 더는 춤을 출 수 없었다. 극장에서 쫓겨난 뒤 가난한 어부도 될 수 없었던 로베르토는 허름한 호텔의 야간 근무직을 겨우 얻을 수 있었다.

"일을 시작하자마자 널 만나다니, 오늘은 운수 대통이겠구나."

이렇게 말하고 나서 로베르토는 고개를 돌려 어깨 뒤로 침을 뱉더니 뭐라 중얼거렸다. 그러고는 좌우를 살핀 뒤 품속에서 뭔가를 재빨리 꺼내 들이켰다. 손은 다시 품속으로 들어갔다가 이번에는 겉주머니를 뒤졌다. 바스락거리는 소리가 나자 나도 모르게 침이 고였다.

로베르토는 밤참으로 사 온 샌드위치를 종종 내게 나눠 주었다. 두툼한 햄을 빼서 내게 주며 고기는 늙은이한테 오히려 독이 되거든, 하고 씩 웃곤 했다. 내가 햄을 먹는 동안 로베르토는 또 품속에서 뭔가 슬쩍 꺼냈다. 보이지 않게 한 손으로 감싸 쥔 것을 로베르토는 재빨리 입가에 댔다가 다시 잽싸게 품속에 감췄지만 나는 그게 뭔지 안다. 로베르토는 옷 속에 작은 술병을 숨겨 다녔다. 호텔 앞에 서서 오지 않는 손님을 기다리며 로베르토는 술을 홀짝거렸다. 술이 그를 불구로 만들었지만, 술 때문에 그는 지금까지 버틸 수 있었다. 술이 없다면 로베르토는 이 축축하고 어두운 밤을 견딜 수 없을 것이다.

"평탄한 삶이 어느 날 갑자기 꼬이는 걸 뭐라고 하는 줄 아니, 얘야? 그게 바로 희극이지. 그런데 평탄한 삶이 조금씩 조금씩 기울어서, 어느 날 문득 빠져나올 수 없을 정도로 가라앉아 버리는 건 뭐라고 하는 줄 아니?"

내 대답을 기다리지 않고 로베르토는 말했다.

"그게 바로 인생이지."

나는 햄을 먹고 나서 항상 하는 질문을 던졌지만 로베르토는 대답해 주지 않았다. 내 말의 의미를 파악할 수 없을 만큼 취해 있었기 때문이다.

엄마도 호텔에서 일했다. 온종일 객실을 돌며 침대 시트를 갈고 카펫의 먼지를 털고 변기를 닦고 복도 바닥에 왁스를 먹였다. 손님들은 매일매일 도착하고 떠났지만 엄마는 도시를 떠나 본 적이 없었다. 간혹 손님들은 책이나 지도를 방에 남겨 두고 갔다. 대부분 이 도시를 안내하는 가이드북이나 지도로, 도시를 떠나는 이들에게는 더 이상 필요 없어진 것들이었다. 엄마는 책과 지도를 청소용품을 보관하는 방에 모아 두었다. 며칠이 지나도 찾아가지 않으면 엄마는 그것들을 집으로 가져왔다. 저녁을 먹고 나면 엄마는 식탁에 책과 지도를 펼쳐 두고서 나와 머리를 맞대고 한참을 들여다보았다.

다른 나라의 언어로 쓰여 있는 책은 이해할 수 없었지만 사진은 충분히 낯이 익었다. 그것은 물 위에 세워진 이 도시를 찍은 사진들이었다. 분홍빛 대리석 궁전과 둥근 지붕의 성당과 매 시각마다 종을 울리는 높은 종탑, 바다와 호수, 아치 모양의 다리와 다리 아래를 오가는 곤돌라. 무척 아름다워 보였다.

하지만 그것들은 내가 알고 있는 도시가 아니었다. 오물과 악취로 뒤덮인 물과 썩어서 무너지는 다리와 점점 가라앉고 있는 집은 어디에 나왔는지 나는 책 속의 사진을 유심히 살폈다. 그러고는 여행이란 거짓말을 믿기 좋아하는 사람들이나 하는 거라고 결론지었다. 엄마는 책과 지도를 찬장에 넣어 두었다.

나는 늘 로베르토에게 오늘은 엄마를 보지 못했느냐고 물었다. 엄마가 로베르토에 관해서 아무 말도 하지 않듯, 로베르토도 엄마에 관해서는 아무것도 말해 주지 않았다. 엄마는 아침부터 밤까지 일하고 로베르토는 밤부터 아침까지 일하기 때문일 것이다. 아마 두 사람은 한 번도 만난 적이 없을지도 모른다. 그렇지만 나는 로베르토에게 묻는 것을 그만둘 수가 없다. 오늘 보지 못했다고 해도 내일은 볼 수도 있으니까 말이다.

깊은 해저 같은 어둠이 도시를 삼켰다. 엄마가 돌아올 시간이었다. 엄마는 집에서 나를 기다리고 있을 것이다. 나는 걸음을 재촉해 미로를 빠져나왔다. 집에 돌아오자, 아무도 없다는 것을 알았다. 엄마는 오늘도 돌아오지 않는다.

비릿한 물 냄새에 눈을 떴다. 툭. 툭. 문 두드리는 소리가 났다. 나는 귀를 기울이다 빗소리라는 걸 깨닫는다. 지나치는 관광객처럼 비는 예고 없이 왔다가 종잡을 수 없이 그쳤다. 나는 문을 밀고 집을 나섰다.

광장에 도착한 나는 안젤로를 찾기 시작했다. 양산요, 양산. 우산으로도 쓸 수 있는 최고급 양산 사세요. 안개와 사람들로 가득한 광장 저쪽에서 안젤로의 목소리가 들려왔다. 나는 사람들 사이를 지나 안젤로의 목소리가 나는 쪽으로 슬슬 걸어갔다. 사람들이 나를 카메라로 찍기도 했다. 관광객들은 이 도시에 있는 모든 것을 찍고 싶어 했다. 아이들이 꺅꺅 소리를 지르며 나를 향해 달려오는 걸 보고 얼른 몸을 피했다. 어른이나 아이들이나 다 귀찮았다.

　관광객들이 점점 더 불어나 광장을 빽빽하게 메웠다. 인파 속에서 안젤로가 빠른 걸음으로 오가는 모습이 보였다. 안젤로가 나를 발견했는지 내 쪽으로 다가왔다. 큰 비닐 가방을 메고 손에 우산을 든 탓에 안젤로는 몇 번이나 사람들과 부딪혔다. 그래도 용케 요리조리 사람들을 헤치며 안젤로는 내게 달려왔다.

　안젤로가 내 앞에 거의 다가왔을 때였다. 갑자기 억센 손이 안젤로를 붙잡았다. 안젤로가 뭐라 중얼거리는 것 같았다. 아마도 욕을 했을 것이다. 나는 슬며시 웃음이 났다. 대구 눈깔 같은 놈, 강아지 발톱의 때 같은 놈, 고양이 코딱지 같은 놈. 안젤로는 괴상한 욕을 해서 나를 웃기곤 했다. 고양이 코딱지라니, 도대체 고양이 코딱지가 어떻게 생겼단 말인가?

　나는 느긋이 안젤로를 기다렸다. 안젤로는 자기 길을 가로막고 어깨까지 거칠게 잡은 사람을 매서운 눈으로 노려봤다.

아마 안젤로를 아는 사람으로 착각한 거겠지. 안젤로는 사과를 너그러이 받아들인 뒤 내 곁으로 올 것이다. 그런데 내 예상과 다른 일이 벌어졌다. 안젤로가 거세게 몸부림치고 있었다. 나는 깜짝 놀랐다. 온몸의 털이 곤두섰다. 안젤로에게 곤봉이 날아들었던 것이다. 안젤로를 잡은 것은 경찰들이었다.

"난 아니에요! 난 아무것도 안 훔쳤다고요! 난 도둑이 아니에요!"

안젤로가 소리 질렀다. 나는 정신없이 안젤로에게 달려갔다. 경찰들이 안젤로에게 수갑을 채우려는 걸 보자 피가 거꾸로 솟는 느낌이었다. 나는 경찰들을 향해 몸을 던졌다.

푹. 내 몸이 꺾였다. 경찰 하나가 나를 발로 찼다. 나는 이를 악물고 다시 달려들었다. 배에 불이 붙은 것 같다고 느낀 순간, 내 몸이 붕 떠올랐다. 이내 반짝, 하고 눈앞에서 불똥이 튀었다. 머리에 둔탁한 충격이 느껴졌다. 눈앞이 흐려졌다. 안젤로가 울부짖는 소리가 희미해졌다. 그다음은 기억나지 않았다. 모든 것이 아득해졌다.

눈을 떠 보니 사방이 어둑했다. 나는 바닥에 누워 있었다. 내 옆구리를 발로 툭툭 건드리던 아이들이 내가 움찔거리자 이번에는 막대로 쿡쿡 쑤셔 댔다. 인상을 쓰며 이를 드러내 보이자 아이들은 와, 하고 도망쳤다. 나는 간신히 몸을 일으켰다. 안젤로의 비닐 가방이 저만치 널브러져 있었다. 안에는 아무것도 없었다. 빗방울이 떨어졌다. 도시가 물에 잠기기 시작했다. 안젤로가 끌려갔다. 엄마처럼 안젤로도 돌아오지 않는다.

엄마는 해변에 앉아 있다. 모래 위에 줄무늬 매트를 깔고 앉아서 수영하는 사람을 구경한다. 오랜만의 외출이라 엄마는 제일 좋은 옷을 입고 나왔다. 양산 챙기는 걸 깜빡해서 엄마의 하얀 얼굴이 벌겋게 달아올랐다.

겨울 말고는 눈부신 날씨를 자랑하는 도시에 그 어느 때보다 찬란한 태양이 떠오른 날이었다. 피크닉 가방에는 얼음을 채운 레몬수와 샌드위치가 담겨 있다. 엄마는 나를 위해 정어리도 한 마리 튀겨 왔다. 하지만 나는 멀미 때문에 식욕이 없다. 내가 배 타는 것을 싫어한다는 걸 알면서도 엄마는 기어이 나를 배에 태웠다. 승강장에서 섬까지 배로 달리는 내내 엄마는 나를 꼭 껴안고 등을 어루만져 주었다. 그렇지만 뱃멀미가 덜해지지는 않았다.

엄마가 나를 보듬어 안고 모래사장을 사뿐사뿐 걷는다. 바닷속으로 나를 데려갈 속셈인 걸 알아채고 나는 발버둥 친다. 엄마는 팔에 힘을 주고 나를 더 꼭 안는다. 아아, 엄마가 비명을 지른다. 엄마 팔목에 손톱자국이 났다. 엄마는 할 수 없다는 듯 고개를 절레절레 흔들었고, 그 틈에 나는 도망쳤다. 멀찍이서 지켜보니 엄마가 치맛자락을 걷어 올리고 물속으로 들어가고 있다.

햇살은 뜨겁고 바람은 산들산들 불어와 절로 눈꺼풀이 내려앉는다. 옆에서 웃고 떠드는 사람들 소리가 희미하게 멀어진다. 문득 정신을 차리고 보니 엄마가 없다. 물가로 뛰어가니 저만치에 엄마의 하얀 원피스가 보인다. 엄마 허벅지까지 물에 잠겨 있다. 엄마가 웃으며 내게 손짓을 한다. 조심스레 한 발을 물속으로 내디뎌 본다. 다시 한 발, 또 한 발. 엄마가 웃으며 기다린다. 나도 엄마를 향해 웃어 보이는 순간, 갑자기 몸이 쑤욱 하고 가라앉는다. 점점 물속 깊이 가라앉는다. 소리질렀지만 물은 비명을 삼켜 버린다. 물이 단숨에 내 몸을 집어삼킨다. 나는 물속에서 외친다.

엄마, 엄마, 엄마!

눈을 뜨니 나는 바닥에 누워 있었다. 잠에서 깨어났는데도 여전히 물속인 것 같았다. 어룽어룽, 아직도 나는 꿈을 꾸고 있다. 좋은 꿈인 것도 같고, 이상한 꿈인 것도 같았다. 그런데 이상하게 몸이 차가웠다. 나는 눈을 번쩍 떴다.

집 안에 물이 가득 차 있었다. 나는 몸을 일으켜 앉았다. 쏴아아. 윗집에서 물 쓰는 소리가 났다. 아니다. 바깥에서 들려오는 소리였다. 비가 내리고 있었다. 물은 점점 더 불어났다.

전에도 이런 적이 있었다. 며칠 동안 내린 비 때문에 불어난 물이 운하의 벽을 타고 올라와 집 안으로 밀려들었다. 물은 식탁 다리를 휘감고 소파를 흠뻑 적셨다. 비가 그친 뒤 엄마는 카펫을 집 밖에 내다 말리고 일주일 내내 바닥에 엉겨 붙은 진흙을 긁어냈다. 다행이라면 지금 집에는 카펫도 식탁도 소파도 없다는 것이다.

물은 삽시간에 불어났다. 나는 찰박거리며 부엌으로 달려가 싱크대 위로 기어올라 갔다. 타일이 다 떨어져 나가고 문이 뒤틀린 낡은 싱크대는 엄마가 진저리칠 만큼 싫어하던 것이지만, 지금 이 집에서 내가 의지할 수 있는 유일한 가구였다. 싱크대가 잠기는 것도 시간문제였다. 있는 힘을 다해 싱크대 위의 창문을 밀어젖혔다. 창문으로 거센 비가 들이쳤다.

도시는 사라지고 없었다. 아니, 어둠이 도시를 지워 버렸다. 불빛 하나 보이지 않았다. 도시 전체가 정전이었다. 현관 계단은 자취도 없고, 집 앞의 다리도 난간만 간신히 남아 있었다.

비가 도시를 먹어 삼키는 중이었다. 도시가 점점 가라앉고 있다. 엄마. 소리 내어 엄마를 불러 봤다. 대답이라도 하듯 밑에서 희미하게 쿠쿵, 하는 소리가 들렸다.

창문 아래를 굽어보니 빈 배 한 척이 벽을 치고 있었다. 뭐에 걸렸는지 배는 창 아래에서 빙빙 맴돌았다. 배가 점점 높이 올라왔다. 나는 창밖으로 몸을 던져 배 위로 뛰어내렸다. 순간 기우뚱했던 배가 물살에 떠밀려 흘러갔다. 배에는 노도 없었다. 그대로 두면 배는 바다로 흘러갈 것이다. 눈앞에 아직 완전히 잠기지 않은 다리가 나타났다. 나는 훌쩍 몸을 날려 간신히 다리 난간을 잡고 기어올라 갔다. 내가 탈출하자마자 배는 쏜살같이 물을 따라 달리다가 이내 사라져 버렸다.

도시는 깊은 바닷속처럼 차갑고 어두웠다. 골목을 따라 이어진 가게와 집들은 모두 불이 꺼져 있고 어디에도 인기척은 없었다. 유령의 도시 같았다. 오직 빗소리만 돌바닥을 사납게 울려 댔다. 길 위에 소용돌이치는 물은 한곳으로 재빨리 몰려갔다. 골목은 운하로 거침없이 물을 뱉어 냈다. 빠른 속도로 운하에 물이 차오르고 있었다. 시간이 없었다. 나는 곧장 달려 나갔다. 머릿속에 떠오르는 건 하나뿐이었다. 안젤로. 어둠 속을 더듬어 안젤로의 집으로 달렸다.

안젤로가 끌려간 뒤 나는 매일 안젤로의 집에 가 보았다. 어디로 끌려갔는지, 언제 돌아올지, 다시 돌아올 수 있을지도 몰랐지만, 내가 안젤로를 찾아갈 곳은 안젤로의 집 말고는 달리 없었다. 나는 안젤로가 돌아올 거라고 믿었다. 갈라진 벽 틈에 안젤로가 자신의 전 재산을 감춰 두었기 때문이다. 엄마와 누이동생들을 찾아 함께 살 때를 위해서 모아 둔 돈이었다. 곰팡이가 피고 물이 스며드는 집에서 단잠을 잘 수 있는 유일한 이유이자, 안젤로가 지켜야 할 전부가 그 집에 있었던 것이다.

안젤로가 돌아와 있었다. 나는 안젤로의 목을 그러안았다. 안젤로는 꼼짝도 하지 않았다. 나는 안젤로의 어깨를 흔들어 깨웠다. 안젤로는 눈을 뜨지 않았다. 문턱을 넘어선 물이 안젤로가 누워 있는 곳까지 슬금슬금 다가오고 있었다.

집이 물에 잠기고 있어. 빠져나가야 해, 안젤로.

안젤로는 곤한 숨소리만 내쉬었다. 나는 좀 더 힘주어 안젤로의 어깨를 흔들었다. 안젤로는 뒤척이며 돌아누워 버렸다. 나는 문으로 달려가 떨어지는 빗물을 손에 적셔 안젤로의 얼굴에 흩뿌렸다. 얼굴을 찌푸렸을 뿐, 안젤로는 깨어나지 않았다. 안젤로의 뺨을 가볍게 두드렸다. 안젤로는 꿈쩍도 하지 않았다. 언제나 그랬듯이 안젤로는 아무도 깨울 수 없을 만큼 곤한 잠에 빠져 있었다.

그러나 이번에는 깨워야만 했다. 나는 온 힘을 모아서 안젤로의 뺨을 세게 후려쳤다. 안젤로가 눈을 번쩍 뜨더니 어리둥절한 얼굴로 나를 잠시 쳐다봤다.

"저리 가!"

안젤로가 버럭 소리를 질렀다. 잠을 깨우니 화가 난 모양이었다.

"꺼져, 이 고양이 새끼야!"

내가 웃으며 안젤로의 손을 잡으려 하자 안젤로는 확 뿌리쳤다.

"꺼지라니까. 이 재수 없는 도둑고양이 새끼!"

그 순간, 내 몸이 공중에 붕 떴다. 옆구리에서 숨이 멎는 듯한 통증이 느껴졌다. 안젤로가 나에게 발길질을 한 것 같았다. 실수일 것이다. 안젤로가 일부러 나를 발로 찼을 리 없다. 그런데 안젤로가 또 발길질을 했다. 잘못됐다. 뭔가 잘못됐다.

안젤로의 머리가 어떻게 되어 버렸나 보다. 나는 내게 날아오는 안젤로의 발을 붙잡았다. 하지만 안젤로의 발길질이 더 거세졌다. 투웅. 내 몸이 벽에 부딪혔다가 바닥으로 내동댕이쳐졌다. 딱딱한 바닥이 온몸으로 달려들었다. 축축하고 차가운 바닥에 투둑, 뼈가 부딪히는 소리가 났다. 안젤로가 떠나는 소리를 들었지만 나는 조금도 움직일 수 없었다. 물은 빠르게 차올랐다.

물은 엄마처럼 나를 포근하게 끌어안는다. 엄마. 엄마는 어디로 간 걸까. 물에 잠기는 이 도시가 지긋지긋해서 여행을 떠난 걸까. 찬장 속에 간직했던 책과 지도들이 보여 준 거짓말의 도시에 더는 속지 않기로 작정한 걸까. 뱃멀미가 심한 나는 따라갈 수 없는 곳으로 간 건가.

아니, 그럴 리 없다. 엄마가 떠났을 리 없다.

설마. 나를 버린 걸까.

아니, 절대 그럴 리 없다. 엄마가 날 버렸을 리 없다. 엄마가 나를…….

물이 내 몸을 부드럽게 감싼다. 엄마 품처럼 따스해서 나는 자꾸만 졸려 온다. 졸음에 못 이겨 나는 마지막으로 엄마를 부르고 잠이 든다.

어디선가 자욱이 밀려온 안개가 하얀 베일을 드리운 푸른 물 밑에는 분홍 대리석 궁전과 은빛 첨탑이 빛을 잃고 가라앉아 있다. 항해를 멈춘 배들은 바다 깊숙이 모래 속에 정박해 있다. 사람들은 한때 수백 개가 넘는 다리와 그 아래를 지나던 곤돌라와 미로 같은 길을 품었던, 보석처럼 아름다웠던 도시를 이야기한다. 도시는 지금도 수백 개 넘는 다리와 미로를 품은 채, 광채 잃은 보석처럼 물 아래 잠들어 있다. 하지만 도시의 낮은 곳, 곰팡이가 피어난 작고 초라한 방에, 버려진 고양이 한 마리가 그리운 사람들을 떠올리며 잠들었다는 것은 어느 누구도 알지 못했다.

시
튀
스
테
쿰

아이들은 밤마다 네 박자 인사를 했다. 무릎을 구부리고, 손등에 입맞춤을 하고, 가슴에 성호를 긋고, 고개를 숙였다. 수도원장님은 손을 내밀어 백여든일곱 번의 키스를 받고 백여든일곱 번 신의 은총을 빌었다. 길게 늘어선 줄은 뱀 꼬리처럼 기숙사 문틈으로 스르륵 사라졌다.

소등과 동시에 쇠창살을 끼운 창문으로 어둠이 밀고 들어왔다. 밤은 악마가 지배했다. 베개 속 깃털이 휘날리고, 침대는 정신없이 삐걱대고, 바닥은 쿵쿵 울렸다. 아이들은 마치 악마 새끼처럼 날뛰었다. 그 와중에도 문밖에서 나는 소리에 귀를 쫑긋하는 것은 잊지 않았다. 긴 회랑을 따라 수사복을 끄는 발자국 소리가 나면 모두 침대로 기어들어 갔다. 채 흥분이 가라앉지 않은 가슴을 억누르며 아이들은 숨죽여 기다렸다. 드디어 발자국 소리가 멈추고 문이 활짝 열렸다.

쫘악. 물이 단번에 쏟아져 내렸다. 살짝 열어 둔 문틈에 올려 둔 양동이가 떨어져 구르는 소리가 바닥을 울렸다. 아이들은 기다렸다는 듯이 와자하게 웃으며 침대 위를 뛰기 시작했다. 물에 흠뻑 젖은 루이엘이 울상을 짓고 서 있었다. 웃지 않는 건, 루이엘과 나뿐이었다.

루이엘은 수도원에서 가장 어린 수사였다. 갓 스물을 넘긴 그는 수도원 기숙 학교의 가장 나이 많은 학생과 겨우 세 살 차이밖에 나지 않았다. 키가 작은 편이고 몸집도 왜소했다. 루이엘의 얼굴을 보면 누구나 웃음을 터뜨렸다. 큰 눈에 담긴 푸른 눈동자는 맑게 빛났고 코는 오똑했다. 하지만 당근 뿌리처럼 뾰족한 턱과 얼굴을 가득 덮은 주근깨와 이마를 수북하게 가린 곱슬머리가 그 잘난 눈과 코를 오히려 우스꽝스러워 보이게 했다.

아이들은 루이엘을 만만하게 여겼다. 나이와 용모 때문만은 아니었다. 루이엘에게는 만만해 뵈는 구석이 있었다. 여느 수사들과는 달리 얼굴에 늘 웃음을 달고 있었기 때문이다. 누가 쿡 찌르기라도 하면 품, 하고 웃음을 터뜨릴 것 같았다. 실제로 루이엘은 그랬다. 그래서 루이엘은 아이들만큼이나 자주 야단을 맞았다.

다른 수사님이 와서야 소동은 가라앉았다. 흠뻑 젖은 수사복을 질질 끌며 루이엘이 돌아가자 기숙사 곳곳에서 한동안 킥킥거리는 소리가 들려왔다. 그러다 웅성거림이 조금씩 잦아들면서 아이들은 하나둘 잠이 들었다.

그중에는 버림받은 고아처럼 훌쩍이다 잠든 아이도 있었다. 그 애들은 입학한 지 얼마 안 되는 어린 학생들이었다. 신입생들은 수도원에 도착하자마자 집으로 돌아갈 날만을 꼽았다. 그들은 따스한 집을 떠난 것을 아직도 실감하지 못했고, 또한 자신이 그 포근한 집에서 내쫓긴 게 아닌지 의심하며 괴로워했다. 언젠가는 누구나 고아가 된다는 것을 아이들은 아직 모르고 있었다.

수도원에서 운영하는 기숙 학교는 수준 높은 교육과 철저한 학생 관리로 명성이 높았다. 수업료와 기숙사비가 비싸도 학생들이 사방에서 구름처럼 모여들었다. 아이들은 두 파로 나뉘었다. 우수한 학생들과 우수해질 가능성이 있는 학생들이 한 패를 이루었다. 다른 한 패는 쫓겨난 아이들이었다. 수도원은 학교와 집에서 퇴출당한 망나니들을 한 마리 길 잃은 양을 품듯, 너그러이 거둬들였다. 망나니들의 부모가 기부하는 돈이 수도원 살림에 큰 보탬이 된다는 건 누구나 아는 사실이었지만 굳이 입 밖에 내는 사람은 없었다.

나는 둘 중 어느 파에도 속하지 않았다. 아이들은 내가 첩자라고 생각했다. 수도원장님이 종종 나를 방으로 부르는 것을 그 증거로 꼽았다. 짓궂은 장난과, 때로는 장난을 넘어선

가혹한 괴롭힘이 나에게 가해졌다. 괴로웠다. 하지만 내가 수도원장님 방에서 하는 일은 어깨와 다리를 주무르는 것뿐이라는 사실을 아이들이 알았을 때, 나는 비참해졌다.

문이 열리는 기척이 났다. 몽유병을 앓는 아이가 막 문을 나선 것이다. 우리는 그 아이의 영혼이 밤새 방황하는 것을 알면서도 내버려 두었다. 떠나고 싶은 것은 그 아이만이 아니었으니까. 하지만 신발도 신지 않고 집을 향해 떠난 그 아이가 밤새 헤매는 곳은 기숙사 복도였다. 아침에 보면 그 아이는 침대로 돌아와 자고 있었다. 아이의 발은 새까맸다.

어떤 의미에서 기숙사 아이들은 모두 고아였다. 하지만 나는 진짜 고아였다. 나는 수도원 문 앞에서 태어났다. 누구 품에서 태어났는지 알 수 없으니, 내가 발견된 곳을 내가 태어난 곳으로 여겨야 했다. 몸을 감싼 낡은 담요 하나가 어머니가 내게 남긴 유일한 것이었다. 그마저 나는 본 적이 없었다. 이라도 옮길까 봐 수사들이 서둘러 불에 태워 버렸기 때문이다. 수도원 문 앞에서 발견된 이후로 나는 수도원을 떠나 본 적이 없었다. 꿈속에서조차 나는 달리 가야 할 곳을 찾지 못했다.

아침 식사는 늘 해가 뜨기 전에 시작됐다. 긴 아침 기도 시간에 고개를 끄덕거리며 졸던 아이들은 그때쯤이면 완전히 깨어난 공복감을 안고서 맹렬하게 식탁으로 달려들었다. 그러나 식사 시간은 언제나 조용했다. 스무 명이 넘는 선생들이 모두 식탁 한편에 앉아 있었기 때문이다.

집에서 하던 버릇대로 음식 투정을 하거나 옆자리 아이에게 장난을 치던 학생이 어떤 벌을 받았는지 모두 잘 알고 있었다. 호된 야단과 긴 기도와 엄청난 분량의 숙제, 그것이 주로 받는 벌이었다. 그러나 아이들이 가장 질색하는 벌은 수도원장에게 올리는 고해성사였다. 잘못한 일도 없는데 빌어야하는 것은 어떤 벌보다 고역이었다. 필요하지도 않은 용서를 구해야 하는 것에 아이들은 진저리를 쳤다.

말없이 빵을 씹는 아이들 사이로 가끔 찻잔 달그락거리는 소리만 들려왔다. 식탁에서는 오늘도 일용할 양식을 주신 분께 감사하는 기도 외에는 어떤 말도 허용되지 않았다. 그래서 내 접시에 차를 쏟은 아이 역시 내게 미안하다고 사과하지 않았다. 내 빵은 축축하게 젖어들었다. 뱉어 놓은 죽처럼 흐물거리는 빵을 나는 후루룩 삼켰다. 소중한 음식을 남기는 것 또한 허락되지 않았기 때문이다. 옆자리에 앉은 아이가 씩 웃었다. 다른 아이들이 소리 없는 웃음을 교환하는 걸 나는 못 본 척했다.

수업이 끝나면 나는 언제나 밭으로 나갔다. 초록 일색이던 밭이 이제 보라색으로 물들어 있었다. 이른 여름, 수도원 주위는 라벤더 꽃으로 뒤덮였다. 흐드러진 라벤더 무더기 속에 웅크리고 있는 루이엘은 꼭 잿빛 지빠귀처럼 보였다. 루이엘은 라벤더 꽃을 따느라 내가 다가가는 것도 알아차리지 못했다.

학생만큼이나 라벤더는 수도원의 중요한 수입원이었다. 곧 닥쳐올 무더위에 꽃잎이 시들기 전에 서둘러 라벤더 꽃을 따야 했다. 하지만 날은 벌써부터 더웠다. 루이엘의 수사복은 땀에 젖어 얼룩덜룩했다. 드넓은 밭에 루이엘 혼자뿐이었다. 다른 수사들은 공방에서 루이엘이 따다 주는 라벤더로 비누와 오일을 만들었다. 그들이 하는 일도 중요하긴 했지만, 루이엘이 하는 일보다는 분명 힘이 덜 드는 일이었다.

수사들 사이에도 엄격한 서열이 존재했다. 우수한 학생과 망나니들 간의 서열처럼 말이다. 교실에서는 우수한 학생들이 우위였지만 교실 밖에서는 망나니들이 지배했다. 교실 안이든 교실 밖이든 내 지위는 변함이 없었다. 수업료를 내지 않는 고아에게는 지위라는 게 없었다.

루이엘에게 지위가 있다면 나와 비슷한 정도일 것이다. 다른 수사들은 루이엘을 '형제님'이라고 부르며 말처럼 부려 먹었다. 루이엘은 내게도 형제와 같은 사람이었다. 내가 기억하는 모든 순간, 내 옆에 루이엘이 있었다. 루이엘도 나에 관해 거의 모든 것을 기억했다. 심지어 수도원 문 앞에 버려져 울고 있던 내 모습까지 기억하고 있었다. 작고 빨간 아기였다고, 루이엘은 말했다.

나는 루이엘 옆으로 가서 꽃을 따기 시작했다.

"가서 숙제나 해."

루이엘이 허리를 펴고 주먹으로 옆구리를 두드리며 말했다.

"숙제보다 꽃 따는 걸 훨씬 기뻐하실걸요."

"누가 말이야?"

"누구겠어요. 모두들이죠. 저 위에 계신 분까지도요."

내가 수도원에서 배운 것은 읽기와 쓰기, 그리고 감사와 눈치였다. 루이엘은 말없이 허리를 숙이고 다시 꽃을 따는 데 열중했다. 그러다 루이엘이 나직이 말했다.

"저녁 먹고 나서 잠깐 예배당에 들러."

"왜요? 연습하시게요?"

루이엘은 대꾸도 하지 않고 흥얼흥얼 노래를 불렀다. 나는 누가 볼까 봐 주위를 둘러보았다. 온통 라벤더 꽃뿐이었다. 햇살이 라벤더 꽃 위에서 황금색으로 빛났다.

저녁을 먹자마자 예배당으로 달려갔다. 예배당 안에서 노랫소리가 들려왔다. 높고 맑은 목소리. 부드럽게 울려 퍼지는 노래는 아름답고 신비로웠다. 루이엘이었다.

루이엘은 미사 때마다 독창을 했다. 루이엘이 성가대열에서 한 발짝 앞으로 나서면 사람들은 일제히 킥킥댔다. 하지만 루이엘의 입에서 노래가 흘러나오는 순간, 사람들의 얼굴에서는 웃음이 싹 가셨다. 루이엘의 얼굴이 우스꽝스럽다고 생각하는 사람은 더는 없었다. 루이엘의 푸른 눈은 남몰래 저질렀던 죄를 뉘우치게 했고, 오똑한 코는 하느님에게 좀 더 가까이 다가간 자의 표상처럼 느껴져 사람들은 저도 모르게 성호를 긋곤 했다. 루이엘의 얼굴 가득한 주근깨마저 밤하늘의 별처럼 숭고하게 느껴질 정도였다.

가슴을 파고드는 천상의 목소리에 눈물을 흘리며 사람들은 앞다투어 모금함에 돈을 넣었다. 미사의 주인공은 수도원장님이 아니라 단연 루이엘이었다.

루이엘은 노래 연습을 할 때 가끔 나를 불렀다. 새로 연습하는 곡에 실수가 없는지 봐 달라고 했지만, 실은 내게 처음으로 들려주고 싶어서라는 걸 나는 잘 알고 있었다. 살며시 문을 열어 안을 들여다보았다. 스테인드글라스 창을 통과한 영롱한 햇살이 루이엘을 감싸고 있었다.

아치 모양의 창에 달린 화려한 색의 유리 조각들, 그것은 어릴 적 내 유일한 장난감이었다. 빛은 내 손바닥 위를 떠돌다가 금세 빠져나갔지만 그래서 더 좋았다. 살아 움직이는 장난감이란 아무나 가질 수 있는 것이 아니었다. 천사의 날개는 그리핀으로 변해 포효하며 날아오르고, 십자가는 기사의 방패가 되어 대가리가 열 개나 되는 용이 내뿜는 불꽃에 맞섰다. 방패에 부서진 빛들은 사방으로 퍼져 나가 찬란한 무지개를 만들고 오색 분수가 되어 쏟아졌다. 빛에 흠뻑 젖어 나는 몽롱해졌다. 제일 좋은 건 새벽녘 빛이 푸르스름하게 스며들 즈음이었다. 성당 바닥으로 빛의 문양이 어른어른 퍼져 나가는 순간, 나는 기쁨에 휩싸여 몸을 떨었다. 햇살이 던져 준 장난감을 가지고 온종일 놀다 문득 정신을 차려 보면 주위는 어두워져 있었다. 장난감을 빼앗긴 아이처럼 나는 어둠 속에서 조금은 서러웠다.

부드러운 눈길로 나를 바라보던 루이엘이 입을 열었다.

"오늘 우체부가 다녀갔어."

우체부는 사흘에 한 번 왔다. 힘겹게 산을 오르는 오토바이 소리가 나면 아이들은 일제히 창문을 향해 눈을 돌렸다. 부르릉, 소리에 아이들의 입에는 절로 침이 고였다. 단것에 굶주렸던 입안에 집에서 구운 달콤한 과자나 알록달록한 사탕을 넣을 수 있다는 신호였다. 내복이나 책, 편지 같은 건 받아 봐야 별로 달갑지 않은데 아이들의 부모는 끊임없이 보냈다. 마치 아이를 수도원으로 쫓아낸 죄책감을 씻기라도 하듯이.

내게 올 우편물은 없다는 걸 잘 알고 있었다. 하지만 부르릉 소리가 나면 무심코 창밖으로 눈이 돌아가는 건 어쩔 수 없었다.

"저한테는 올 게 없다는 걸 잘 아시잖아요."

"하지만 우체부가 뭔가 남겨 두고 간 게 있지."

루이엘이 제단 뒤로 가더니 손에 뭐를 들고 다가왔다. 루이엘이 나에게 내민 것을 받아 들었다. 소포 꾸러미였다. 손에 닿는 감촉으로 속에 든 게 무엇일지 짐작이 갔다. 가슴이 조그맣게 뛰기 시작했다.

"생일 축하한다."

루이엘이 싱긋 웃으며 말했다. 작고 빨간 아기가 수도원 문 앞에 버려져 있던 날이었다. 루이엘은 해마다 내게 생일 선물을 줬다. 내게 선물을 준 이는 루이엘뿐이었다. 루이엘에게 잃어버린 동생이 있다면, 그건 분명 나일 거라고 생각했다.

내게도 한 명쯤은 친구가 있었다. 안톤. 터져 나갈 듯한 둥근 뺨이 늘 붉게 물들어 있고, 온몸에 투실투실 살이 찐 아이였다. 지난봄, 번쩍거리는 검은 승용차에서 내린 남자는 지금껏 내가 본 사람 중에 가장 뚱뚱했다. 남자 뒤로 크기만 좀 작을 뿐, 남자를 똑 닮은 아이가 따라 내렸다. 그게 안톤이었다. 안톤의 아버지를 맞이하기 위해 수도원장님은 모든 수사와 특히 우수한 몇몇 학생을 이끌고 수도원 정문까지 나갔는데, 내가 알기로 그런 열렬한 환영 인사는 처음이었다.

일주일 동안 대청소를 해야 했던 아이들은 그 원인 제공자를 증오하기로 즉시 마음먹었다. 검은 승용차가 떠나자 아이들의 결심은 바로 실행에 옮겨졌다. 고학년 중에서도 성적이 뛰어난 몇에게만 허락되는 독방을 안톤이 차지한 것도 아이들의 적개심을 불태우기에 충분했다. 안톤의 물건은 틈만 나면 사라지기 일쑤였다. 안톤은 수도 없이 복도에서 넘어졌는데, 아무도 일으켜 주는 사람이 없었다. 킥킥거리는 웃음소리만 복도에 울려 퍼졌다. 친구 없는 두 아이가 친구가 되는 것은 어렵지 않았다. 나와 안톤 말이다.

안톤은 가끔 제 방에 나를 데려갔다. 다른 애들에게는 허락되지 않은 푹신한 거위털 이불이 깔린 침대에 누워 안톤은 집에서 보내온 과자를 부지런히 씹으며 가족을 그리워했다. 안톤은 수다스러운 편이었다. 맛없는 식사만큼이나 수도원에서 안톤을 괴롭힌 건 이야기할 상대가 없다는 거였다. 말할 게 거의 없는 나는 안톤의 대화 상대로 제격이었다.

안톤은 주로 지금 먹고 싶은 것과 어머니가 총애하는 요리사가 해 주던 음식 이야기를 하곤 했다. 스푼으로 설탕을 깨서 먹는 크렘브륄레, 꿀과 시나몬에 조린 배, 머시멜로와 생크림을 듬뿍 올린 핫초콜릿, 아몬드와 바닐라빈을 넣은 쿠키, 속을 가득 채운 소시지와 돼지 간 파이, 크리스마스 식탁에 오르던 슈톨렌……. 끝도 없이 늘어놓던 안톤은 더는 참을 수 없다는 듯 한숨을 푹 내쉬었다.

안톤이 간혹 다른 것들도 말하긴 했다. 한번은 제가 살던 마을에 있는 산 얘기를 해 줬다. 무더위 때문에 개가 혀를 길게 빼고 사람들이 차가운 맥주를 물처럼 벌컥벌컥 들이켜는 여름에도 산 위는 하얗게 눈으로 덮여 있다고 했다. 첫눈이 내리면 마을 사람들은 모두 스키를 지고 산꼭대기로 올라갔다. 그런 날이면 산꼭대기에서 온종일 눈보라가 날리는데, 그건 산 위에 사는 마녀가 놀라서 뿜어내는 입김 때문이라고 했다. 산을 독차지하고 싶어 하는 마녀는 사람들에게 저주를 퍼부었다. 가끔 스키를 타다 사라지는 사람이 있는데, 마녀가 분풀이하느라 데려간 거였다. 사라졌던 사람은 이듬해 눈이 녹

234

기 시작할 때쯤 말짱한 모습으로 돌아오곤 했다. 다만 사라진 동안의 일은 전혀 기억하지 못했다고 했다. 내가 뭐라고 하기도 전에 안톤은 "진짜야!" 하고 의심할 틈조차 주지 않았다.

아직 나는 눈을 본 적이 없다. 성난 마녀가 일으키는 눈사태 얘기를 들었어도 어쩐지 눈은 연약하고 부드러우리라는 생각이 들었다. 그건 안톤의 목소리 때문이었다. 안톤의 목소리는 여자처럼 가늘고 고왔다. 그 목소리는 뚱뚱한 몸과 더불어 아이들의 조롱거리가 됐다. 어울리지 않는 것은 놀림받기 쉬운 법이었다.

안톤의 아버지는 아들이 좀 더 남자다워지기를 바랐다. 안톤에게는 누나만 네 명이 있었다. 언젠가 안톤이 누나들과 함께 찍은 사진을 보여 줬다. 머리 모양만 아니었다면 누나들 속에서 안톤을 구별해 낼 수 없을 정도였다. 누나들은 모두 안톤처럼 볼이 포동포동했다. 안톤을 귀여워한 누나들은 자신들의 놀이에 기꺼이 안톤을 끼워 주었다. 인형 놀이를 하는 아들을 보며 안톤의 아버지는 수도원 기숙 학교를 떠올렸다. 남자들 속에서 엄격한 규칙을 따르는 생활을 하다 보면 안톤도 남자다워질 수밖에 없으리라고 안톤의 아버지는 생각했다. 최소한 수도원에 인형은 없을 테니까. 하지만 안톤 아버지의 생각은 틀렸다.

안톤은 수도원에 들어오기 훨씬 이전부터 어엿한 남자였다. 비록 음색이 여자 같고 인형 놀이를 즐겨 했어도, 안톤의 사타구니에는 머리카락 색과 비슷한 털이 수북이 자라나 있었다. 공동 샤워실을 이용하는 우리는 사타구니를 힐끔거리며 누가 아직 어린애인지 가늠하곤 했다.

그뿐만이 아니다. 안톤이 집에서 책 사이에 뭘 숨겨 왔는지 알았다면 안톤의 아버지는 아들에 대해 조금도 걱정할 필요가 없었을 것이다. 안톤이 가져온 건 벌거벗은 여자들 사진이 가득한 잡지였다. 안톤은 사진 속 여자들을 무척 좋아했다. 누나들에게 품는 애정과는 다른 종류였음은 당연하다. 물론 그런 잡지를 보는 건 안톤만이 아니었다. 그런 잡지가 낄낄거리는 웃음소리와 함께 아이들 손에서 손으로 전해지는 건 기숙사 내에서 공공연한 비밀이었다. 수사님들도 그 사실을 모르지 않았지만 눈감아 줬다. 남자아이들의 주체 못할 호기심과 들끓는 욕망을 완전히 억제하는 건 불가능하다는 사실을 잘 알고 있었으며, 또한 수사님들은 그보다 숭고한 일들로 바빴다.

기숙사의 모든 아이가 맛본 금단의 열매에 손끝 하나 대지 못한 건 나뿐이었다. 누구건 첩자이자 고아인 아이와는 어느 것도 나눌 생각이 없었다. 하지만 안톤은 내게 잡지를 보여 주었다. 그러니 안톤이 유일한 내 친구였음은 의심할 나위도 없었다.

안톤의 방에서 잡지를 본 순간, 나는 숨이 멎는 듯했다. 여자의 벌거벗은 몸을 본 건 처음이었다. 비록 사진에 불과하지만 너무도 충격적이었다. 심장이 빠르게 뛰고 눈가가 얼얼해지고 현기증이 일고 온몸이 불이 붙은 것처럼 뜨거워졌다. 나는 몸을 부들부들 떨면서, 오랫동안 내게 금지된 것을 볼 때마다 하던 습관대로 우선 고개를 돌렸다. 하지만 눈동자만은 어쩔 수 없이 잡지를 향해 돌아갔다. 도저히 거부할 수 없었다. 나는 이내 순수한 호기심과 아름다움을 향한 열망으로 사진들을 감상하기 시작했다. 안톤의 보물은 내게도 소중한 것이 되었다.

안톤은 매일 밤 남몰래 잡지를 뒤적이다 침대 매트리스 사이에 끼워 두었다. 보물을 숨기기에 별로 적당한 곳이 아니라고 충고했지만, 안톤은 내 말을 귀담아듣지 않았다. 하긴, 수도원의 모든 아이는 하느님의 눈이 닿지 않는 유일한 곳이 있다면 바로 매트리스 밑일 것이라는 굳은 믿음을 품고 있었다. 낮고 어두운 침대 밑까지 들여다보기에는 너무나 높고 존귀한 분이시기는 했다.

그런데 어느 날 밤, 매트리스 밑을 더듬던 안톤은 매일 넷째 시간에 느끼곤 하는 기분에 사로잡혔다. 그건 바로 공복감이었다. 안톤의 잡지가 사라지고 없었다.

상심에 빠진 안톤을 보는 건 내게도 몹시 괴로운 일이었다. 어쨌든 하나뿐인 친구였으니 말이다. 잡지는 누군가의 매트리스 사이에 들어가 있겠지만 안톤은 되찾을 엄두를 내지 못했다. 그건 나도 마찬가지였다. 내가 다른 아이들의 침대 밑을 더듬었다가는 어떤 보복이 돌아올지 뻔했다. 내 손목을 잘리고도 남을 터였다. 자기 것을 빼앗기고도 어디에 하소연 한마디 할 수 없는 게 안톤과 나의 처지였다. 다행이라면 나는 가진 것이 없다는 사실이었다.

마리, 앤, 세실, 재클린, 마틸다, 에스메랄다, 올리비에……. 자신에게 무한한 기쁨을 안겨 주던 여자 친구들이 사라지자 안톤은 날로 살이 쪘다. 넷째 시간과 저녁 식사 시간 전에나 느끼던 공복감이 시도 때도 없이 찾아왔기 때문이다. 나는 내 접시에서 으깬 감자나 삶은 달걀을 조금씩 덜어 안톤에게 주었다. 내가 할 수 있는 위로는 그게 다였다. 고맙다는 말도 없이 안톤은 묵묵히 받아먹었다. 감사는 일용할 양식을 주신 분께만 허용된 것이었다. 비통함으로 볼이 터져 나갈 것 같은 안톤을 보며 루이엘이 내게 준 선물을 이용해 봐야겠다는 생각이 들었다.

루이엘이 내게 주는 선물은 언제나 스케치북과 물감이었다. 어릴 때는 물감 대신 색연필이었다. 더 어렸을 때는 사탕이나 초콜릿을 몰래 손에 쥐여 주곤 했다. 스케치북과 색연필을 받게 된 건 내가 예배당 벽에 온통 낙서를 해 놓은 다음부터였다. 수사님들에게 야단맞고 우는 나를 루이엘이 달래 주었지만 나는 더 서럽게 울었다. 야단맞은 것보다는 그림을 그리지 못하는 것이 더 슬펐다. 밤이 되면 사라지고 마는 내 장난감을 벽에다 고정시켜 보려던 내 노력이 헛수고로 돌아갔기 때

238

문이었다.

그러던 어느 날, 루이엘이 이제 여기에다 그려, 하며 내게 뭔가 내밀었다. 흙바닥과 벽 외에도 그림을 그릴 곳이 있다는 걸 그때 알았다. 스테인드글라스가 그려 놓는 그림을 그때부터는 벽이 아닌 스케치북에 옮겼다.

그림을 완성하면 언제나 루이엘에게 보여 줬는데, 그때마다 루이엘은 고개를 갸웃거렸다. 나는 예배당 벽을 가리켰지만 루이엘의 얼굴에서는 혼란스러운 표정이 가시지 않았다. 뿔이 달린 두꺼비와 사나운 발톱을 가진 수탉, 대가리가 두 개 달린 뱀, 사자와 독수리가 섞인 그리핀, 날개가 달린 하얀 일각수. 혹시나 해서 일각수의 뿔을 두 개로 고쳐 그려 보여 줘도 루이엘의 표정은 나아지지 않았다. 루이엘은 스테인드글라스 창의 문양과 내 그림을 번갈아 보다가 말했다.

"천사 같은 걸 그려 보면 어떻겠니?"

나는 빛으로 물든 창문을 올려다봤다. 휘황찬란한 색유리로 문양을 새긴 아기 천사가 반짝이고 있었다.

"저는 빛이 그려 놓은 게 더 좋아요."

빛이 그려 놓은 그림으로 일렁이는 벽을, 루이엘과 나는 말 없이 한참 동안 바라보았다.

하지만 루이엘이 꽤 마음에 들어한 그림도 있었다. 라벤더 밭에서 노래하고 있는 루이엘을 그린 것이었다. 한 달이나 걸려 완성한 그 그림을 루이엘에게 생일 선물로 줬다. 루이엘이 생일에 받은 유일한 선물이었다. 생일 선물은 수도원에서 금지된 것이었기 때문이다. 수사에게는 생일을 기억하는 것도 허락되지 않았다. 루이엘은 내가 준 그림을 곱게 접어 책 사이에 끼워 놓았다.

수도원에는 그림을 그리는 사람이 아무도 없었다. 하지만 나는 꾸준히 그림을 그렸다. 해야 하는 일을 하는 것보다 하지 말아야 할 일을 하는 편이 훨씬 즐거웠다.

내가 몰래 그림을 그리는 것처럼 루이엘에게도 비밀이 있었다. 루이엘은 라벤더 밭에서 일을 할 때면 항상 노래를 불렀다. 그럴 때마다 나는 주위를 살폈다. 내가 그림을 그릴 때 루이엘이 그러듯, 나도 루이엘을 위해 망을 봐 주었다. 루이엘이 라벤더 밭에서 부르는 노래는 신을 찬양하거나 신의 뜻을 전하는 노래가 아니었다. 빛나는 햇살과 아름다운 꽃, 멀리에서 불어오는 바람, 조용히 흔들리는 사이프러스 나무, 잠든 아기의 요람을 흔드는 어머니, 아름다운 아가씨와 뱃사공, 그리고 내가 한 번도 보지 못한 바다와 갈매기……. 그런 것들을 루이엘은 소리 죽여 노래 불렀다.

내가 즐겨 청한 노래는 아름다운 처녀를 흠모하는 청년에 관한 노래였다. 꽃그늘 속에서 아가씨를 기다리는 청년처럼, 노래 부르는 루이엘의 얼굴에 홍조가 번지는 것이 보기 좋았다. 하지만 루이엘은 달빛 아래에서 떠난 연인을 그리워하는 노래를 제일 자주 불렀다. 어찌나 슬픈지, 듣다 보면 코끝이

찡해져서 끝내는 팽 하고 코를 풀어야 했다.

루이엘이 그런 노래들을 어디에서 배웠는지 궁금해 물어본 적이 있었다.

"주님께서 우리에게 귀를 달아 놓으신 건 소리를 듣는 걸 허락하셨기 때문이지. 귀를 기울이면 들려와."

"난 안 들리는데요."

루이엘은 얼굴을 살짝 붉히며 나직한 목소리로 말했다.

"바깥세상이야. 바깥세상에서는 언제나 노래가 울려 퍼지고 있단다."

한 달에 한 번 노수사님을 따라 마을 장터에 다녀오는 루이엘이 무거운 짐을 지고도 얼굴이 유난히 환했던 까닭을 나는 그제야 알 수 있었다. 루이엘은 바깥세상의 노래를 듣고 온 거였다. 하지만 듣는 것은 주님께서 허락하셨다고 해도 부르는 것은 금지되어 있었다. 라벤더 꽃 속에서 루이엘은 금지된 노래를 부르고, 나는 허락되지 않은 그림을 그렸다.

우리는 서로의 비밀을 지키는 방편으로 암호를 정했다. 'Sit vis tecum'. 시튀스테쿰, 그것이 루이엘과 내가 약속한 신호였다. 시튀스테쿰이라는 말이 떨어지면 나는 스케치북을 던지고 서둘러 라벤더 꽃을 땄고 루이엘은 노래를 멈췄다.

시튀스테쿰. 그것은 내게 없는 것을 빌어 주는 말이었다. 너에게 힘이 깃들기를. 그것이 암호의 뜻이었다. 내가 가진 유일한 힘이라면, 그건 루이엘이었을 것이다.

"제법 괜찮긴 한데."

안톤은 칭찬에 인색했다.

"가슴이 좀 더 크면 좋겠어."

안톤이 내가 그린 그림을 유심히 들여다보다 지적했다.

"됐어, 그럼."

"아냐, 그냥 줘. 그렇게 나쁘지는 않아."

안톤은 내 스케치북에서 그림을 부욱 찢어 뚫어져라 들여다보더니 주머니에 접어 넣었다. 잡지에서 본 여자들을 떠올리며 그린 내 그림이 안톤을 구원한 건 확실했다. 이제 안톤은 넷째 시간 전, 쉬는 시간에만 몰래 과자를 먹었다. 안톤은 내가 준 그림들을 베갯잇 사이에 숨겨 두었다.

안톤의 요구는 까다롭고 명확했다. 더욱 풍만하고, 생생하고, 실감 나게. 사진과 똑같이 그려 주길 원했다. 잡지를 본 지 오래되어 잘 기억나지 않는다고 했더니 안톤은 몹시 안타까워했다. 사실 나는 똑같이 그리는 데에는 별로 관심이 없었다. 창에 그려진 문양보다 햇살이 그려 놓은 너울거리는 그림이 더 좋은 것처럼, 여자의 몸을 그대로 그리는 것보다는 내 머릿속에서 살아 움직이는 여자들을 그리는 것이 좋았다.

어느 날 안톤은 나를 제 방으로 끌고 가더니 웃통을 훌렁 벗었다. 안톤의 투실투실한 몸이 온통 곡선으로 이루어진 건 분명했다. 게다가 가슴은 여자 못지않게 풍만했다. 안톤은 소

242

리 죽여 낄낄대며 포즈를 취하고, 나도 입을 막고 킥킥대며 그림을 그렸다. 안톤은 모델로서는 별 도움이 안 됐지만 그렇게 그리는 것이 확실히 재밌기는 했다. 어쨌든 안톤은 내 그림의 열렬한 팬이었으며, 나는 그런 안톤을 위해 그림을 그리는 것이 즐거웠다.

나는 전보다 자주 안톤의 방을 찾았지만 그렇다고 줄곧 여자들 그림만 그린 건 아니었다. 눈보라가 피어오르는 산과 벽난로가 타오르고 있는 집과 인형 머리를 빗기는 여자아이들, 요리사들의 음식을 맛보는 어머니, 그리고 크리스마스트리 아래 놓인 선물들과 푸른 바다를 항해하는 거대한 배……. 내가 한 번도 보지 못한 것들이 내 손끝에서 형체를 갖추어 갔다. 안톤은 하나뿐인 친구를 위해 기꺼이 그림을 감상해 주었다. 수사복을 입은 늙은 너구리를 그린 그림을 보고 안톤은 낄낄댔다. 너구리의 손등에 부지런히 키스하는 원숭이들을 하나하나 세어 보고 모두 백팔십다섯 마리라는 걸 확인하고서 안톤은 뒤집어지게 좋아했다. 그래도 역시 제일 많이 그린 건 벌거벗은 여자들이었다.

"넌 화가가 되면 좋겠다."

안톤이 내 스케치북을 넘기며 말했다.

"화가?"

"그래, 누나들에게 그림을 가르치러 오는 사람이 있어. 유명한 화가래. 하는 일 없이 빈둥거리다가 아버지한테서 돈을 받아 가."

"그 화가라는 건 어떻게 되는 건데?"

"우선 배워야겠지. 집에 화가를 불러서 배우면 돼."

"집이 없으면 어떻게 불러?"

"학교에 들어가면 되지."

"그림 그리는 걸 가르치는 학교가 있어?"

"그렇다니까."

"하지만 그 학교에 다니려면 수업료를 내야겠지?"

"그렇겠지."

나는 좀 풀이 죽었지만 마지막으로 물었다.

"내가 정말 화가가 될 수 있을까?"

안톤이 잠시 생각하고서 말했다.

"우리 누나보다는 잘 그리는 것 같아."

안톤의 말이 미심쩍기는 했지만 내 얼굴은 달아올랐다. 루이엘이 내 그림을 보며 솜씨가 있다고 말하기는 했다. 그렇지만 나쁜 말이라고는 할 줄 모르는 루이엘의 말이라 정확한 평가라고는 생각하지 않았다. 그런데 칭찬에 인색한 안톤의 평이라면……. 어쩌면 내게도 재능이라는 것이 있을지 모른다. 가슴이 뛰었다. 기쁨 때문만은 아니었다. 닥쳐올 일에 대한 예감이었는지도 모르겠다.

며칠 뒤 내 침대 사이로 손을 집어넣었을 때, 나는 그 예감의 정체를 알게 되었다. 그건 두려움이었다. 내 스케치북이 사라지고 없었다.

수도원 꼭대기에는 아무도 쓰지 않는 작은 방이 하나 있었다. 길고 좁은 계단 끝에 외따로 위치한 방은 항상 문이 잠겨 있었다. 그 방은 예전에 수사들이 홀로 침묵을 지키며 수행하는 기도실로 이용됐다고 해서 '침묵의 방'으로 불렸다. 침묵의 방은 교실과 숙소에서 뚝 떨어져 있기 때문에 학생들이 그 방 앞을 지날 일은 없었다. 그 때문이 아니라도 아이들은 침묵의 방 근처에는 얼씬도 하지 않았다. 그 방에 얽힌 괴이한 이야기가 떠돌았기 때문이었다. 이름과 달리 침묵의 방에서 때때로 소란스러운 소리가 난다는 소문이었다. 먼 옛날 잘못을 저지른 수사 하나가 그 방에 갇혔다가 죽은 뒤로 소리가 들려오기 시작했다고 한다. 몽유병 있는 아이도 복도를 걷다 지쳐 잠든 밤에, 복도를 울리는 발걸음 소리와 웅얼거리는 소리를 들었다는 애들이 가끔 있었다. 아이들은 그것이 죽은 수사가 돌아다니는 것이라고 수군댔다. 불침번을 서는 수사가 순찰하면서 경전 읊는 소리라는 걸 나는 알고 있었지만 아이들에게 말하지 않았다. 어차피 내 말에 귀 기울일 아이는 없었다.

침묵의 방은 지금은 처벌을 위한 장소로 쓰였다. 기도나 고해성사로도 충분치 않은 큰 잘못을 저지른 아이들이 침묵의 방으로 보내졌다. 침묵의 방에서 죽은 수사의 유령을 본 아이는 아무도 없었다. 침묵의 방으로 보내진 아이는 내가 알기로는 지금까지 한 명도 없었기 때문이다.

꾸지람과 기도, 엄청난 양의 숙제와 고해성사는 아이들이 싫어하는 벌이었다. 하지만 침묵의 방으로 보내지는 건 아무도 싫어하지 않았다. 아이들은 두려워했다. 그 안에서 무엇을 보게 되는지, 무슨 일을 겪는지 아무도 몰랐지만, 확실한 건 몹시 큰 잘못을 저질렀음을 뜻하기 때문이었다. 어떤 잘못인지는 상상할 수 없었다. 침묵의 방에 내가 갇히게 되리라는 건 더더욱 상상조차 못 한 일이었다.

방에 있는 건 수사의 유령이 아니라 항아리 하나뿐이었다. 유령에게는 어떤 용도로 사용됐는지 모르지만, 내게는 급한 용무를 해결하기 위한 것이라는 걸 알았다. 밖에서 빗장이 걸린 문을 제외하고 사방이 하얀 벽으로 에워싸여 있었다. 손바닥만 한 창문 하나 없었다. 한 사람이 발을 뻗기에도 비좁은 방이었다. 엉덩이에 닿는 돌바닥이 차가웠다. 등에 닿은 벽도 유령의 숨결처럼 서늘했다. 수런거리는 소리 같은 건 나지 않고 그저 적막하기만 했다. 홀로 갇혔다는 게 유령과 함께 있는 것만큼이나 두려웠다. 지금 내게 주어진 일은 뉘우침이었다. 하지만 나는 혼란스럽기만 했다.

아침 기도가 끝난 뒤 나는 원장실로 불려 갔다. 그런 시간에 수도원장님이 나를 부른 건 처음이었다. 영문을 몰랐지만 어깨를 주무르라고 부른 게 아님을 알 수 있었다. 내가 들어간 지 한참이 지나도록 수도원장님은 입을 열지 않았다. 다만 날카로운 눈빛으로 나를 바라볼 뿐이었다. 나는 점점 더 어리둥절해졌고, 막연한 불안감에 점점 어깨가 움츠러들었다.

"기괴한 것을 즐기는 사람은 그 기괴한 것을 통해서만 사물을 보게 되고, 끝내는 기괴한 것에 사로잡히게 된다고 했다."

이윽고 수도원장님의 입에서 흘러나온 말에 나는 더욱 갈피를 잡을 수 없었다. 무슨 뜻인지 묻는 게 허락된 일인지 아닌지 몰라서 나는 머릿속으로 수도원장님의 말뜻을 파악하려 애썼다. 수도원장님이 다시 입을 열었다.

"나는 수십 년 동안 이 학교에서 수많은 학생들을 봐 왔다. 내가 책상만 지키고 앉아 있는 늙은이라고 생각하겠지만, 이 침침한 눈은 너희가 생각하는 것보다 많은 것을 볼 수 있지. 때 묻지 않은 순수함과 학문을 향한 열정, 신에 대한 외경과 감사, 그런 것들을 학생들의 얼굴에서 찾아내는 게 나에겐 무엇보다 큰 기쁨이다. 하지만 내 눈에 가장 잘 띄는 것은 번민과 고통에 찬 얼굴이지. 숨기려고 할수록 더욱 드러나는 것이 바로 죄 지은 자의 표정이란다. 그런데 얼마 전부터 내 학생들 중에서 그런 얼굴을 발견했지."

잠시 말을 멈추고 내 얼굴을 뚫어지게 바라본 뒤, 수도원장님은 다시 입을 열었다.

"나는 우리 학생들 가운데 하나가 남몰래 죄를 짓고 괴로워한다는 사실을 알게 되었다. 그 학생을 번민에 빠뜨린 것은 내 입으로 담고 싶지도 않은 망측한 그림이었다."

머릿속이 아득해지고 두 다리가 후들거렸다. 나는 안간힘을 다해 가까스로 버텼다.

"그 학생은 내게 고해성사를 했다. 물론 그 학생은 하느님께 용서를 받았다. 그 학생의 죄는 사해졌지만, 그것으로 문제가 끝나지는 않는다. 우리 학교는 단순히 우수한 실력을 갖춘 학생을 양성하는 곳만은 아니다. 교만과 욕심, 방종 대신 겸양과 절제, 순종을 가르치는 곳이 바로 이 학교다. 우수한 학생이라도 하느님의 뜻을 거역한다면 더는 이 학교에 둘 수가 없지. 잡초 씨앗 하나가 무심결에 바람에 실려 왔다면 뿌리를 내리기 전에 골라내는 것이 신실한 농부의 일이듯, 죄의 씨앗이 퍼져 나가기 전에 없애는 것이 내 할 일이다. 그렇지 않으냐?"

나는 아무 대답도 할 수 없었다.

"왜 그런 망측한 그림을 그렸느냐?"

나는 잠시 후에 대답했다.

"저는 망측한 그림을 그리지 않았어요."

"그림을 그리지 않았다고?"

"그림을 그린 건 맞지만."

나는 떨리는 목소리로 말을 이었다.

"저는 아름답다고 생각했어요. 아름답다고 느껴지는 것들을 그렸을 뿐이에요."

"입에 담기도 민망한, 그, 그 그림들이 아름답다는 말이냐? 순진한 학생을 유혹해 타락하게 하고 네 음란한 욕정을 채우기 위해 그린 그림이 아름답다는 말이냐?"

"그, 그런 뜻은 전혀 없었어요."

"그러면 친구를 꾀어 옷을 벗게 한 건, 아, 내 입으로 말하기도 싫구나. 그런 해괴한 짓은 도대체 무슨 뜻이었냐?"

"그건……."

내가 미처 말을 잇기도 전에 수도원장님 입을 열었다.

"배은망덕이란 바로 이런 걸 말하는 거다. 우리가 너에게 뭘 베풀었는지 까맣게 잊은 모양이로구나."

눈앞이 흐려졌다. 목구멍까지 치밀어 오르는 뜨거운 것을 꾹꾹 삼키느라 나는 한 마디도 할 수 없었다. 그것이 수도원장님을 더욱 화나게 한다는 걸 알면서도 나는 용서를 구하는 어떤 말도 할 수 없었다.

"지독하구나. 죄를 지은 것보다 뉘우치지 않는 게 더 무서운 일이지. 분명 네 속에 악마가 깃든 거야. 악마가 부끄러움도 망각하게 한 게지. 너와 안톤이 한 짓은 용납받지 못할 짓이다. 당연히 퇴학감이야. 안톤은 집으로 돌아가게 되겠지. 하지만 말이야, 너는."

수도원장님은 잠시 후에 덧붙였다.

"네 처지를 잊지 마라, 에밀."

쫓겨나도 갈 곳이 없는 처지, 그 점을 나는 단 한 번도 잊은 적이 없었다.

창문도 없는 방이었지만 밤이 온 것은 알 수 있었다. 어디선가 희미하게 비쳐 들던 햇살이 완전히 사라지고 한 치 앞도 구분할 수 없는 어둠이 방 안에 가득 차자, 사방에서 소리가 들려오기 시작했다. 죽은 수사의 목소리는 아니었다. 올빼미와 풀벌레 들이 울어 대는 소리였다. 그 속에서 복도를 조심스럽게 밟는 발걸음 소리가 들려왔다. 발소리가 멈추자, 문 저편에서 희미한 불빛이 스며들었다. 점심과 저녁, 딱딱한 빵과 물그릇을 담은 쟁반이 들어왔던 문 아래 작은 틈새로 흘러드는 불빛이었다.

"에밀."

아무리 어두운 곳에서도 금방 분간할 수 있는 목소리였다.

"루이엘."

왈칵 반가움이 일었다. 루이엘은 속삭이듯, 하지만 평소와 달리 빠르게 말했다.

"용서를 빌어라, 에밀. 지금은 원장님이 진노해 계시지만 잘못을 뉘우치면 마음을 푸실 거다."

"루이엘, 제가 뭘 잘못했죠?"

대답이 없었다.

"제게 잘못이 있다면 저를 보호해 줄 부모가 없다는 거겠죠."

"우리는 모두 신의 자식이다, 에밀."

"그렇죠. 그런데 그 신은 저를 수도원 문 앞에 버렸어요."

한동안 침묵이 이어지다가 루이엘의 목소리가 들려왔다.

250

"그분의 뜻이겠지. 그 깊은 뜻을 짐작하기에는 우리가 너무 어리고 또한 어리석다. 그분의 뜻을 전하는 수도원장님의 말을 거역하지 않는 것만이 우리의 최선일 뿐이다. 다시는 그리지 않겠다고 수도원장님께 용서를 빌어."

"그림을 그리는 게 잘못인가요? 저는 그림을 그리고 싶어요."

"그림을 그리지 말라는 건 아니다. 수사들 중에도 그림을 그리는 분들이 있단다. 예배당에 있는 그림도, 서책에 있는 그림도, 그분들이 그린 거지. 신의 말씀을 전하는 그림은 그려도 된단다."

"저는 그런 건 그리고 싶지 않아요."

"그럼 뭘 그리고 싶니?"

"아름다운 걸 그리고 싶어요."

"신의 말씀보다 더 아름다운 건 없단다."

"신의 말씀도 아름답겠죠. 하지만 세상에는 그 밖에도 아름다운 게 많은 것 같아요. 안톤의 마을 산 위에 쌓인 하얀 눈도, 안톤의 집도, 안톤의 누나들도. 루이엘도 알잖아요. 저 바깥세상에 있는 것들이 얼마나 아름다운지. 그래서 당신도 시장에서 들었던 노래를 부르잖아요. 그런 노래를 좋아하잖아요."

"아니야, 그렇지 않아."

루이엘은 다급하게 부인했다. 그리고 잠시 후, 루이엘의 떨리는 음성이 들려왔다.

"내가 너한테 악마의 도구를 준 게 실수였어. 아니, 네가 해괴한 것을 그리기 시작했을 때 말리지 않은 게 잘못이었다. 에밀, 더는 죄를 짓지 마라. 나도 앞으로는 그런 불경한 노래를 부르지 않겠다. 날이 밝는 대로 나는 고해성사를 하겠다. 신의 말씀을 전하는 노래 말고는 어떤 것도 다시는 부르지 않겠다고 용서를 구하겠다."

"신은 아름다움도 허락하지 않는 건가요? 그럼 예배당에 비치는 햇살, 라벤더 밭에 부는 바람은, 사이프러스 나무 그늘은, 지저귀는 새소리는, 부엌에 몰래 찾아오는 고양이는, 밤하늘의 별은 뭔가요? 아름답다고 여겨지는 세상의 모든 것은 신이 허락해 준 것이 아닌가요? 그렇다면 그분은 왜 세상을 아름답게 만든 거지요? 신이 만든 것들을 루이엘은 노래하고 나는 그렸을 뿐인걸요."

잠시 후 루이엘의 대답이 들려왔다.

"너와 나에게는 허락되지 않은 것들이지. 이 안에 있는 사람들에게는 허락되지 않은 것이야. 그 또한 신의 뜻이란다. 신의 뜻을 거역해서는 안 돼. 참회해야 해, 에밀. 기도하자, 에밀. 우리 함께 기도 드리자."

루이엘의 목소리는 점점 갈라져서 마지막 말은 거의 알아들을 수 없을 정도였다. 잠시 후, 나는 대답했다.

"기도하지요. 뭘 위해 기도 드려야 하나요?"

한참 지나서 대답이 들려왔다.

"너와 내가 함께 있을 수 있기를 기도하자, 에밀."

이틀 뒤, 나는 침묵의 방에서 나왔지만 교실로는 돌아가지 못했다. 기숙사에서도 나와 수사들의 침소로 옮겼다. 해 뜨기 전에 라벤더 밭에 나가 해가 질 무렵 밭을 떠났다. 루이엘은 라벤더 밭에서 노래 부르지 않았다. 나도 더는 그림을 그리지 않았다.

하루는 학교 복도를 닦다가 안톤과 마주쳤다. 안톤은 내 눈을 피하고 그대로 지나쳐 갔다. 안톤이 무사하리라는 것을 알고 있었다. 안톤이 혹 집에 돌아가고 싶어 한다 해도 그의 아버지는 원하지 않을 것이기 때문이었다. 수도원은 기부금만 좀 더 받을 수 있다면 얼마든지 망나니를 품어 줄 수 있는 관대한 곳이었다. 망나니들도 돌아갈 곳이 없기는 나와 마찬가지였다.

몽유병이 있는 아이가 복도를 헤매고 다닐 즈음, 나는 침대에서 몸을 일으켰다. 요란하게 코 고는 소리와 고된 숨소리만이 들려오는 방 안을 조용히 빠져나왔다. 사위어 가는 달빛은 희미했고 사방은 고요했다. 미처 따지 못한 라벤더가 시들고 있는 밭 사이를 나는 소리 죽여 가로질렀다. 사삭, 사사삭. 작은 소리와 함께 라벤더 향이 조용히 흩날렸다.

수도원 정문 앞에서 발을 멈췄다. 쇠창살로 된 문은 굳게 잠겨 있었다. 높은 돌담 너머 저 위로 여윈 달이 떠 있었다. 달빛이 닿은 쇠창살 끝은 칼처럼 하얗게 빛나고, 창살 사이로 보이는 세상은 어둠에 잠겨 있었다. 뒤를 돌아보자 멀리 예배당 첨탑에 달빛이 희미하게 닿아 고요히 흘러내리고 있었다. 그 뒤로 어렴풋이 2층 건물의 형체가 보였다. 집을 그리워하며 울던 아이도 깊은 잠에 빠져 있을 것이다. 산란한 꿈으로 뒤척이는 아이의 이마를 수사의 유령이 부드럽게 쓰다듬어 주고 있을지도 모른다. 모두들 잠들어 있을 것이다. 내 하나뿐이었던 친구도. 그리고 내 하나뿐인 형제도.

주위를 둘러보고 아무도 없다는 것을 확인한 뒤, 마침내 쇠창살을 두 손으로 잡았다. 차가운 감촉이 손바닥으로 파고들고 육중하게 문이 흔들렸다.

마음을 다잡고 손에 힘을 준 순간이었다.

"에밀."

어둠 속에서 목소리가 들려왔다. 숨이 멎는 듯했다.

"인사도 없이 가는 거냐?"

돌아볼 것도 없었다. 루이엘이었다. 여느 때처럼 부드러운 음성에 내 눈가가 뜨거워졌다. 이 목소리가 듣고 싶어서 나는 머뭇거리고 있었는지도 모른다.

"깨울 수 없었어요."

나는 내 앞으로 다가선 루이엘의 신발만 바라본 채 작은 목소리로 대답했다.

"깨우지 않겠다면서 내 침대 옆에 한참 서 있었던 건 무슨 까닭이냐? 난 유령이라도 나타난 줄 알고 깜짝 놀랐다."

"죄송해요."

"서둘러야 할 거다. 수도원의 수탉은 잠이 없거든."

"알고 계셨어요?"

"네가 식사 때마다 빵을 덜어 소매 속에 감추는 걸 봤어. 언젠가 나도 해 봤던 일이지."

"수사님도요?"

고개를 들고 달빛에 희미하게 비친 루이엘의 얼굴을 바라봤다. 루이엘은 미소 짓고 있었다.

"여기 먹을 걸 좀 챙겨 왔다. 그리고 얼마 안 되는 돈이지만 가져가렴. 바깥세상에서도 돈은 필요하지."

"루이엘."

목이 메어 더는 말을 할 수가 없었다.

"꼭 가야 하는 거냐, 에밀?"

루이엘의 간절한 목소리가 어둠 너머에서 내게 물었다. 왈칵, 뜨거운 것이 가슴속에 차올랐다. 나는 대답하지 않았다. 만약 입을 연다면 무슨 말이 튀어나올지 알기 때문이었다. 가고 싶지 않아요. 당신과 헤어지고 싶지 않아요. 두려워요, 루이엘. 참을 새도 없이 눈물이 주르륵 흘러내렸다. 이제 루이엘을 못 본다고 생각하자 슬픔이 밀려왔다. 하지만 그건 기쁨의 눈물이기도 했다. 보내고 싶지 않다는 말은, 내가 꼭 듣고 싶었던 말이었다. 그대로 루이엘의 품에 뛰어들고 싶었다. 그러나 나는 울음을 삼키며 말했다.

"세상을 보고 싶어요. 그림을 그리고 싶어요."

루이엘이 어둠 속에서 희미하게 고개를 끄덕였다. 그리고 나직이 말했다.

"시튀스테쿰."

나도 작은 목소리로 대답했다.

"시튀스테쿰, 루이엘."

나는 발을 힘차게 굴러 쇠창살을 잡고 그대로 몸을 날렸다. 문을 넘자마자 몸은 바닥으로 떨어져 굴렀다. 하지만 아픔을 느낄 새도 없이 벌떡 일어났다. 문살 사이로 루이엘이 어서 가라는 듯 손을 흔들었다. 고개를 숙이며 나는 속으로 인사했다. 안녕, 루이엘, 내 하나뿐인 형제여.

몸을 돌려 나는 밤을 달리기 시작했다. 멈추면 다시는 달릴 수 없다는 듯이, 나는 달리고 또 달렸다. 세상 속으로, 처음 떠나는 여행이 내 앞에 펼쳐져 있었다.

작가의 말

셰에라자드를 동경했다.

매일 밤 신비로운 이야기로 자신의 목숨을 천일 동안 이어 나갔던 여인. 셰에라자드는 바람처럼 세상을 떠돌며 기이한 것을 보고 들었거나 아니면 세상을 돌고 돌아 불어온 바람이 그녀의 귀에 수많은 이야기들을 속삭여 주었으리라, 나는 짐작했다.

이 이야기는 어느 날 세상의 반대편에서 온 한 통의 메일로부터 시작됐다. 메일은 호주에 사는 데이비드 씨에게서 온 것이었다. 어제 특이한 일을 겪었어요, 라고 메일은 시작됐다. 데이비드 씨는 우연히 자신의 사무실에 방문한 한 남자에 관해 내게 이야기해 주었다. 그러고는 내게 물었다. 아무도 도와주지 않는 삶의 마지막 순간, 그는 어떤 생각을 했을까요? 어떤 생각이 죽음으로부터 그를 살렸을까요? 그 마지막 1분에 관해 써 보는 건 어때요?

데이비드 씨가 만났던 사람이 바로 붕대를 한 남자였다.

하지만 나는 아마도 쓰지 못할 거라고 생각했다. 흥미로운
소재가 반드시 좋은 이야기가 되는 건 아니기 때문이다. 그리
고 마지막 1분 뒤 그 남자의 남은 생이 내게는 너무 가혹한 것
으로 생각되어 차마 쓰고 싶은 마음이 들지 않았다. 그런데
어느 날, 어떤 장면이 내 머릿속에 떠올랐다. 식탁에 앉아 뭔
가에 열중하고 있는 소년과 그 소년의 집 문을 두드려 물 한
잔을 청하는 남자. 남자는 온몸에 붕대를 하고 있다. 똑딱, 똑
딱, 초침 소리가 내 귓가에 울렸다. 며칠 뒤 짧은 소설 한 편이
완성되었다.

그로부터 매일 밤 새로운 이야기가 지어졌다.

완성된 이야기는 또 다른 이야기를 부르고 그 이야기는 또
다른 이야기로 이어졌다. 그렇게 시작된 이야기는 세상 곳곳
을 떠돌았다. 마치 세상 어디선가 불어온 바람이 내 귓가에
속삭여주는 이야기 같았다.

이 아홉 개의 이야기에 나오는 주인공들은 모두 떠났거나,
떠나 있거나, 혹은 떠나려 한다. 세상 어딘가를 떠도는 누군가
의 이야기지만 어쩌면 그것은 우리 모두의 이야기이기도 하
다. 어떤 의미에서 우리는 모두 여행자들이다. 여행에 관한 이
야기지만 상실과 기억에 관한 이야기로 읽어도 좋다. 혹은 죽
음과 고통, 슬픔과 분노에 관한 이야기지만 그럼에도 불구하

고 세상 어딘가에 아직 존재하는 연민과 사랑, 기쁨과 용기에 관한 이야기로 읽어도 좋다. 그랬으면 좋겠다. 이 흉포한 세상을 견디며 여전히 여행해야만 하는 모든 이에게, 이 이야기들이 작은 위안이 되어 주었으면 좋겠다.

데이비드 씨의 질문에 늦은 답변을 해 본다.

만약 이 세상이 살 만한 가치가 있다면 그것은 바로 내가 살아 있기 때문에 가치 있는 거라고.

모두들, 잘 살아 주었으면 좋겠다.

소설을 뽑아 주신 심사위원님들께 깊이 감사드린다. 더 열심히 쓰라는 응원을 들은 기분이라 너무도 기쁘고 고맙다. 책이 나올 때까지 애써 주신 사계절출판사 편집자님들께도 감사하다. 작은 씨앗을 건넸을 뿐인데 멋진 꽃을 피워 줘 고맙다는 아름다운 시로 축하해 준 데이비드 씨에게도 감사의 말을 전한다. 그리고 마지막으로, 언제나 든든한 힘이 되어 주는 나의 부모님과 자매들, 고맙다.

오늘도 바람이 불어온다.

2014년 여름, 최상희

델 문도

2014년 8월 29일 1판 1쇄
2021년 12월 20일 1판 6쇄

지은이 최상희

편집 김태희 이혜재 김민희 디자인 백창훈
제작 박흥기 마케팅 이병규 양현범 이장열 홍보 조민희 강효원

인쇄 천일문화사 제책 J&D바인텍

펴낸이 강맑실
펴낸곳 (주)사계절출판사 등록 제406-2003-034호
주소 (우)10881 경기도 파주시 회동길 252
전화 031)955-8588, 8558 전송 마케팅부 031)955-8595 편집부 031)955-8596
홈페이지 www.sakyejul.net 전자우편 literature@sakyejul.com
블로그 skjmail.blog.me 페이스북 facebook.com/sakyejul
트위터 twitter.com/sakyejul 인스타그램 instagram.com/sakyejul

© 최상희 2014

ISBN 978-89-5828-773-5 44810
ISBN 978-89-5828-473-4 (세트)